[澳] 杰西卡·汤森／著 吴华／译

永洵镇

4

最后的考验

中信出版集团 | 北京

图书在版编目（CIP）数据

永泊镇 . 最后的考验 / (澳) 杰西卡 · 汤森著 ; 吴华译 . -- 北京 : 中信出版社 , 2022.4（2023.6 重印）

书名原文 : Wundersmith : The Calling of Morrigan Crow

ISBN 978-7-5217-3432-4

Ⅰ . ①永… Ⅱ . ①杰… ②吴… Ⅲ . ①儿童小说－长篇小说－澳大利亚－现代 Ⅳ . ① I611.84

中国版本图书馆 CIP 数据核字（2021）第 156526 号

永泊镇 · 最后的考验

著　　者：[澳] 杰西卡 · 汤森
译　　者：吴华
出版发行：中信出版集团股份有限公司
（北京市朝阳区东三环北路 27 号嘉铭中心　邮编　100020）
承 印 者：北京中科印刷有限公司

开　　本：889mm × 1194mm　1/32　　印　　张：7.25　　字　　数：150千字
版　　次：2022 年 4 月第 1 版　　印　　次：2023 年 6 月第 7 次印刷
京权图字：01-2019-4418
书　　号：ISBN 978-7-5217-3432-4
定　　价：39.80 元

出　　品：**中信儿童书店**
图书策划：**如果童书**
策划编辑：**蔡磊**
责任编辑：**陈晓丹**
营销编辑：**中信童书营销中心**
封面设计：**刘潇然**
内文插画：**杨猛**
内文排版：**颂煜文化**

服务热线：400-600-8099
投稿邮箱：author@citicpub.com

谨以爱和谢意，将此书献给助我更进一步的女性。

尤其是吉玛、海伦，

以及武野文惠领衔的日本奶奶啦啦队。

目录 | contents

I

何等奇景，见所未见

“我们要从东门入口进。”

“卡特里奥娜，亲爱的，那个门是最忙最挤的。咱们去年走过一次啊。”

“戴夫，相信我，东门最热闹。”

“是，我知道那儿最热闹。要不然能挤满上百万的永泊镇居民吗？要是从东门开始逛，那咱们就得提前一个小时出发。真是的。”

“没关系啊，亲爱的，咱们强行通过就得了。”

“强行通过？那儿可不是摇滚舞池啊，卡特，咱是文明的成年人。”

“亲爱的，这不要紧啊，你面前的这位可是拳击冠军。你以为人家为什么管我叫‘拳击皇后’？”

“没人那么叫你，亲爱的。”

霍桑的妈妈卡特，给茉莉安的印象就是一个成年版的霍桑。她的头发有点儿长，搭在肩上，而浓郁的巧克力色和自然卷，霍桑也有。除了头发，其他地方基本上都一样。一样的蓝色眼睛，一样的星点雀斑，一样的细长四肢——就像长颈鹿妈妈和小长颈鹿。

每年暑假的第一个星期五晚上，永泊镇市集都会如期开幕。斯威夫特一家邀请茉莉安一起去逛。虽然朱庇特也答应要带茉莉安去，但他总是会在最后一刻被叫走。而且，他也很清楚学期结束一个星期以来，茉莉安有多沮丧，于是就鼓励她抓住机会，和好朋友一起去逛市集。茉莉安安心了。去年夏天，朱庇特每个星期都答应得好好的，可每个星期都临时有事要忙。她早就决定，这个夏天绝不能再错过市集了。

“很多人都那么叫我啊，亲爱的。你问问霍默，他会告诉你的。跟他说说啊，霍默。”

霍桑的哥哥冲着爸妈做了个鬼脸。霍默更像爸爸，同样的金色头发，同样的厚片眼镜，同样的结实健壮，高大的身材就像个维京摔跤手——和戴夫相比，只差那捧乱糟糟的胡子了。

十五岁的霍默就读于冥想音乐学院四年级。霍桑跟茉莉安解释过，冥想音乐学院的学生都发过誓，在就读的数年间，每年只有一天可以开口讲话。所以霍默就在脖子上挂了块黑板，用粉笔写字，好跟家人交流。霍桑说他们总是拿这件事来嘲笑哥哥。

“说呀，乖儿子，怎么害羞起来了？”

“亲爱的，你这样可不太好啊。”戴夫努力地忍着笑。

霍默连黑板都懒得用，只是翻了个白眼。

他们的姐姐海伦娜不去市集。她今年十五岁，在戈贡哈尔基础气象学院上学。学院坐落在第六穴远离海岸的一个小岛上，那儿正是一个永久气旋的中心。海伦娜每年只在圣诞节和暑假回家，因为要进出气旋，实在是太昂贵太困难了。然而，今年夏天，风暴尤为猛烈，所有出行都暂停了，何时恢复另行通知——在霍桑看来，这太适合海伦娜了。他说他姐姐就喜欢狂风暴雨，就想留在学校亲眼观测损失情况。

斯威夫特一家年纪最小的一个是两岁的达维娜。她也很像爸爸，大家都叫她“小戴夫”。达维娜胖乎乎的，一头金发，性格开朗。全家人都承认，这小姑娘很聪明，没准儿比其他人加起来还要聪明。这个嘛，茉莉安就不确定了，她只见过达维娜喝牛奶、往地下扔食物，以及冲着路过的小狗大喊大叫。

茉莉安和斯威夫特一家五口一起乘奇迹枢纽出城，前往市集。戴夫让大家手拉手，免得在拥挤的人群中走散。不过，卡特帮上忙了：她全程都在大声唱歌，全程都在走调，说是这样能让在大庭广众下手拉手的家人不那么尴尬（霍默的小黑板上写着：我跟他们不是一起的）。

等他们终于到了圣堂站，一路与拥挤的人群搏斗，挤到东门时，太阳刚好要落下。大门口有成千上万的人等待批准，进入老镇区，万众期待的气氛显而易见。戴夫把小戴夫扛在肩上，好让她看得更清楚。霍桑抓着茉莉安的胳膊使劲儿捏，踮着脚尖上上下下，好像兴奋得要爆炸了。就连霍默也凝望着东门，陷入了无声的敬畏之中。

“看吧，”卡特冲着丈夫笑道，“就跟你说吧，这儿最热闹。”

东门之内的空地上蒙着一层闪闪发光的银色薄雾似的东西，看上去有点儿像波浪形的大玻璃板，只不过它可以随着微风轻轻晃动。巨大的石头拱顶上，火焰燃烧着拼成了：

欢迎来到永泊镇市集

在字的底下，炽热的火焰喷出的烟雾一遍又一遍地书写着雄心勃勃的承诺：

何等奇景，见所未见！

“太神奇了！”卡特叫着，咧开嘴，用胳膊肘戳了戳霍默。

霍默翻了翻眼睛，用粉笔在小黑板上写了一句：廉价的招徕伎俩。

卡特大笑起来。茉莉安觉得自己赞同她的观点：这的确很神奇。就应该如此神奇。精彩绝妙，令人赞叹。

戴夫俯下身子，朝霍桑和茉莉安招招手。“这是个幻象，”他说，“是幻象师造出来的，看到了吗？”他指了指拱门的角落。那儿站着一小群盛装的男女，个个全神贯注，用复杂的手势和机器，一遍遍地引导烟雾汇聚成文字。看起来是一项又枯燥又繁复

的工作。“你们也可以辨认出幻象，哪怕看不到幻象师也没关系，只要发现接合的缝隙就行了。等一下啊……看！看那儿！看见了吗？”

“嗯！”茉莉安真的看见了。有那么一瞬间，幻象好像……抽了一下。如果仔细观察，就能发现，每当烟雾拼出最后一个字，即将开始重复拼出第一个字的时候，都会有一种微妙的不和谐，那就是循环的幻象之间的拼接缝，瑕疵很微小，几乎看不出来。

“这可不是廉价的招徕伎俩，”戴夫站直身子，抚了抚大儿子的头发，“是出色的技艺。”

这个说法，茉莉安也赞同。不过，尽管幻象让人惊叹，她还是觉得那些文字内容有些言过其实。说实在的，她可没少见识“奇景”，大部分都是在丢卡利翁大饭店里见到的。

“好了，你们三个，”戴夫对霍桑、茉莉安和霍默说道，“带上钱了？很好。要拿好了，市集上小偷可不少。午夜零点，你们要准时回来，跟我和妈妈、小戴夫碰面。不准迟到一秒，明白了吗？如果到时候没能准时回到东门，我就让妈妈去找你们，然后当街表演一出孩子走失、大发其疯、以为自己是只松鼠的独角戏。好吧？”

茉莉安大笑起来，霍桑和霍默却睁大了眼睛。“拜托了，别唱歌好吗，老妈？”霍桑说。

“不能答应你，少年。”卡特指着他，“最好给我按时回来，懂吗？”

两个男孩儿点了点头。

“好了，去吧，”她说，“开心地玩去吧。”

“也要注意安全。”戴夫说。

“多吃点儿小吃！”

“可别吃太多糖！”

“看看咱们谁能找到今年最好笑的纪念品！”卡特竖起双手的大拇指，咧开嘴巴大笑。

“但是不要锋利的，不要活物，不要会喷火的，不要比前门大的，不要武器。”戴夫看着霍桑，颇有深意地说道。

就在这时，仿佛有上千个铃铛清脆作响，笼在东门边那发光的玻璃般的面纱散开了，融入了虚空中，露出了一个完全变了模样的老镇区。

人群听到声音，看到市集的真容，先是陷入了一阵愉悦、惊叹的寂静，而后便纷纷向前冲去，希望自己是第一个进入市集的人。茉莉安和霍桑相视一笑，在人山人海中穿来穿去，往大门那里挤。

他们一离开卡特和戴夫的视线，霍默就往小黑板上写了几个字，拿给霍桑看：

11:45，圣堂门口见。

霍桑比了个大拇指。霍默擦掉这句话，又写了一句：

我知道这对你来说挺难，但是，尽量别干蠢事。

霍桑冲他做了个鬼脸，两个男孩儿便分头行动。霍默扯了一把弟弟的耳垂，就消失在人海中。

“我还以为我们要一起逛呢，”茉莉安说，“你爸爸不是说……”

“哦，别管老爸，他老是瞎担心。”霍桑轻描淡写地说道。他从一个踩着高跷的女人那儿拿了两张地图，看也没看一眼，就把其中一张塞进了口袋，另一张递给了茉莉安。地图上方的标题是：永泊镇市集区分图。“相信我，跟霍默一起玩儿可没劲了。他会去找同样没劲的老朋友，然后一块儿没劲、一块儿老生常谈的。咱们按顺时针方向逛吧，怎么样？先去南区，然后西区、北区，最后到东门这儿来跟霍默集合。”

他们经过圣物寺，沿着环镇大道往前走。茉莉安一边走，一边研究着手里的地图。市集覆盖了老镇区全部的四个区，又划分为数十个小区域，每个区域都有不同的主题：皮革市集、古董市集、巫师市集、香料市集……

“西区有个奶酪市集，竟然占了一整个街区！”茉莉安眯着眼睛，看着地图上的小字，“不，等等——还有烟火表演！或者……等等。不不，不对，是赛狗表演。地图一直在变啊！”

“那就是三个都有。”霍桑走得很快。他抓住茱莉安的衣袖，扯得她左闪右躲，好让她不至于因为聚精会神地看地图而撞上别人。

“哦，三个晚上，三个表演？”

“同一晚啊。”

茱莉安停住了，仔细地端详起地图来。

“快走啊，”霍桑恳求道，“咱们只有几个小时可逛，所以得赶快逛完南区。来来，我知道怎么抄近路。”

他领着茱莉安离开环镇大道，拐上了卡拉汉街。

“这也太乱了，不是吗？”茱莉安仍然盯着地图皱眉。有的区域好像标着三个、四个甚至五个不同的主题或表演，而且大部分都是互不相干的。她举起地图给霍桑看。“你看，我们快到仙肴广场了，对吧？地图上说，仙肴广场正在开设探戈培训课，同时举办茶话会。这说不通啊，仙肴广场很小，怎么可能……”

当他们走到小广场的入口处时，茱莉安抬起头来，看见一幅飘摇的、五颜六色的丝绸帘子。

“这样就行了。”霍桑说着，领着茱莉安穿过丝绸帘子，便来到了探戈培训课现场。仙肴广场——平日里只是一小块安静的空地，四周围绕着小小的排屋——此刻充满了夸张的音乐、飞旋的裙子，激情四射的男女在彼此的臂弯里钻来钻去。一只瓶子摔碎了，红酒洒在临时搭建的舞池里。茱莉安跳了起来。人们乱糟糟地打起来了，霍桑拽着茉莉安的胳膊穿过丝绸帘子，他们便回到了刚才的广场入口。

再次穿过帘子，仙看广场上竟是一场热闹但文明的茶话会。角落里，琴师用立式钢琴弹奏出平静的曲调，一群女招待四处走动着，给人们的茶杯里续满茶水，往三层的托盘上堆满小蛋糕。

“什么……怎么弄的？”茉莉安问。

霍桑耸耸肩：“管他呢！走吧，咱们别在这儿待着了。”

在仙看广场的另一端，他们穿过了一幅羽毛帘子，来到了鸟雀市集。这儿挂着数百个笼子，里面全是各种各样的鸟儿。有颜色艳丽的外国鸟儿，有珠宝一般的小型鸟雀，还有体型庞大、模样吓人的猛禽——茉莉安不由得想起了自己的奶奶。这里还有能讲好几种语言的鸟儿，训练有素、能陪人狩猎的鸟儿，以及能变换形状的鸟儿。

茉莉安原本想停下来仔细看看，但霍桑一直催她。于是，他们又穿过一幅藤蔓编成的帘子，来到了满眼春色的鲜花市集；而后又到了灯笼市集，上千盏彩灯在四周投下奇异迷幻的图案；接下来还逛了又吵又臭的鲜鱼拍卖会，祈祷会，关于奇迹动物权益的激昂辩论会，堆满新鲜蔬果的农贸市集，有旋转木马、幽灵火车、充气城堡和杂耍的游乐会……

“霍桑，等等，你不想坐幽灵火车吗？慢点儿走，我都要岔气了！”

可霍桑就是不愿意停下来。他有很明确的目标，而且还不想告诉茉莉安（“给你个惊喜！”）。不过尽管如此，茉莉安还是心里有数——她太了解自己的这位好朋友了。

茉莉安原本以为市集上会很拥挤。她知道很多摊位会售卖些奇奇怪怪的东西。去年夏天的整个假期里，她目睹了每个星期六早上的“市集归来”仪式：在丢卡利翁大饭店的早餐桌上，所有宾客和员工都在聊那些精彩故事，攀比着种种纪念品，没完没了。

但自己亲自来看一看，却完全是另一回事。在市集上走着，就好像在上百出各不相同的戏剧场景中穿梭。茉莉安的脑袋晕乎乎的，上一处奇光异景还没闹明白，就又迎向了下一处。

这既令人兴奋，又令人困惑。因为你很难分辨出其中有多少是真实的，有多少只是幻象。每到一处，茉莉安都按照戴夫所说的，寻找幻象的拼接缝，并且把它当成了一项游戏。现在她已经知道该观察什么地方，所以能轻易地找到那些幕后英雄。正是他们的努力工作，才让这些奇景幻象得以一直保持下去。他们通常都会藏身于高处——比如阳台或屋顶——便于俯瞰整个场景，聚精会神地操控。

“在那儿！”她抓住霍桑的胳膊，一边大叫，一边指向库珀园四楼的一扇窗户（据地图标示，库珀园举办的是独角兽骑术比赛，兼做户外美甲沙龙）。一男一女正站在那里，口中念念有词，眼睛始终盯着楼下的场院。

“你非得这么做吗？”霍桑咕哝道，“咱享受幻象就好了呗，干吗非要知道怎么变的？”

“因为很吸引人嘛！”

终于，他们穿过一层蒸汽，来到了嘈杂的露天餐厅。望着挤挤挨挨的小吃摊，茉莉安确信，他们总算要停下来了。这就是霍桑一直要找的东西。

有个女人在三个硕大的银质平底锅前面忙活着，炉火和蒸汽腾腾包围，大把大把的香料熏得茉莉安眼泪直流。可是，这难以形容的肉香实在太勾人馋虫了。其他的摊子上有炖菜、烤饼、薯条、煎饺、大桶煮的螃蟹……以及茉莉安不太想看见的黄油炒蜗牛、干炸猪大肠、脆炸蚂蚱，以及活像肉丸冰棒一般的老鼠烤串。

“老鼠烤串？”她做了个鬼脸，给霍桑提建议，“还是猪大肠？你要吃哪个？”

然而，他再次催她别停下，两人一直跑到露天餐厅的另一边，来到了一堵棉花糖墙壁前面。霍桑扭过头，咧嘴一笑，从墙壁上扯下一大块蓬蓬绒绒的糖，用舌头舔化了吃掉，然后就领着茉莉安穿过了这甜丝丝、黏糊糊、像纸一样薄的帘子，抵达了“惊喜”目的地。

“甜品街！”霍桑嚷嚷着，张开双臂，仿佛欢迎茉莉安来到他的精神家园。甜品街占了三个街区，挤满了做巧克力的摊主、做太妃糖的小贩；人们搅动着金属大锅，锅里是焦糖爆米花；蛋糕摊子挨着鸡蛋薄饼摊子，桌上高高地堆着冰糖和夹心糖；还有一家冰激凌店，专卖两英尺高的圣代冰激凌。

真是得心应手。茉莉安敢肯定，这里就是她这位朋友年年都要来的地方，因为他非常坚定地拒绝了其他需要占用大量时间、金钱和胃容量的摊位。

“糖李子甜甜圈是必点单品。”他指着一个小摊说道。热腾腾的油炸甜甜圈渗出了紫红色的糖李子果酱，外面还裹着肉桂糖霜。“玫瑰水果冰糕也不错。但是薄饼就算了吧，没有看起来那么好。”他径直走过了一家巧克力店——那家店里有你能想象到的所有品种的松露巧克力糖（椰子松露、桃子松露、薄荷松露、香槟松露、果仁松露、蚂蚱……怎么还有蚂蚱松露？）——然后来到一家售卖手工焦糖的摊子边。焦糖厚厚的、韧韧的，以“米”为单位出售。

茉莉安再也吃不下了，于是就暂时撇下霍桑，自己信步闲逛起来。她在一片灰蒙蒙的雾气中拐进了一条小巷，巷子里全是算命师傅，正在用水晶球、塔罗牌、掌纹、茶叶或鸟的内脏算命。甚至有一个要她往他的手上吐口水，好预测出她的未来。茉莉安礼貌地拒绝了，可他却反而缠上来了。茉莉安往后退了几步，不小心一脚踏空，从一幅帘子里穿了过去……

什么也没有了。茉莉安什么也看不见了。什么也听不见了。

并不是四周黑了。她也并非在黑暗里探看。她根本没做“看”这个动作。她瞎了。

她叫了起来——霍桑！——可声音也消失了。还是她听不见自己的声音了？或许霍桑能听见。她用手摸着自己的喉咙，再次喊了起来。喉咙是振动的，是耳朵听不到了。她变得又聋又瞎。

保持冷静。茉莉安对自己说。保持冷静。

她感觉到有人擦肩而过，闻到空气中有香水的气味。又有一个人撞到了她，一双大手粗暴地抓住了她的肩膀。陈腐的、带着烟味的呼吸扑面而来，一双手在她的脸上、头上摸来拍去——好像想弄清楚她是谁——然后又把她推开了。

保持冷静，保持冷静，保持冷静。第二步是什么来着？嗯，后退。茉莉安强忍着恐惧，小心翼翼地往后退了一步，接着又退了一步。这时，又有一只手抓住了她。这只手比刚才的小很多——是小孩儿的手，像她一样的小孩儿。

是你吗，霍桑？她叫着问道。当然，还是什么也听不见。她的手抓住了对方的肩膀——这人和她一样高，或许还要高些。可能是霍桑。

这只手拽着她往前走，两人一起在跌跌撞撞、双目失明的人群中左冲右撞。他们紧紧地抓着彼此，直到突破这混沌一片，来到了巷子的另一边。

茉莉安觉得自己就像一个潜水的人，终于能浮上水面喘口气了。世界又变回了有颜色、有光亮、有声音的模样。她哽住了，好像想控制住自己的呼吸似的，可根本控制不住。她眨着眼睛，适应着再次出现的光亮，然后转向霍桑：“那是什么啊？”

可是，把她拉出来的并不是霍桑。

卡当斯·布莱克本正站在她身旁，重重地喘息着。

“卡当斯！”茉莉安掩饰不住自己的惊讶，“你怎么——”

“是真的。”卡当斯的眼睛里闪着恐惧和兴奋，“邪灵黑市！茉莉安，是真的！开市了，就现在！”

2

黑市

“我看见有个男人拐进恶魔园了。”卡当斯领着茱莉安，飞快地在市集里穿梭，经过嘈杂的摊位，跨过层层叠叠的帘子，“我叫他，想拦住他，可他还是拐进去了，然后就不见踪影了。”

“你……你说什么？哎哟，卡当斯，你弄疼我的胳膊啦！”卡当斯松了些劲儿，但还是没放手，也没放慢速度。“你刚才说什么？你经过恶魔园时，刚好看见有个人——”

“不对，笨蛋！我是站在对面街上看见的。我这几天一直在想那些失踪事件，还有你跟我们说的关于邪灵黑市的那些事。今天下午我意识到，如果你所目睹的那些都是真的——邪灵市场正在搭建装潢，而失踪事件的幕后黑手与之相关，那么它肯定是在今晚开市啊，不是吗？与永泊镇市集同一天！这个时间多完美！”

“我猜应该是吧，”茱莉安说，“但是，卡当斯，等一下啊……”

“所以我就等着看，到底谁会出现在恶魔园。结果发现：粉色警戒等级标识不见了。换了，换成红色的了。可那个家伙还是径直拐进去了，都没看警示牌。五分钟之后，我看见又有个男人进去了。这次的这个人还戴了面具。后来又进去个女人，围巾几乎遮住了整张脸——现在可是盛夏啊！所以我就来找你了。霍桑说过，你们会一起来逛市集。我到处都找遍了，总算找着了。见你进了虚无巷，我就跟着你进来了。”

“可是我总得告诉霍桑——”

“他不会有事的。”卡当斯坚持道，“来吧，咱们得快点儿！”

几分钟后，她们来到了恶魔园那熟悉的入口处。入口很窄，都快比小巷口窄了。墙上的警示牌确实变了：

恶魔园

注意!

依奇地异境战队及永泊镇联合议政公会之令

此街为红色警戒等级诡计巷道

（内有高危诡计，进入后可能会造成人身伤害）

入内者后果自负

茉莉安看了两遍：“‘……可能会造成人身伤害。’这是指里面的诡计也变了吗？”

“既然更新了警戒等级，里面的诡计肯定也不一样了。不过我在想：你之前虽然被诡计弄得很想吐，却还是走过去了，不是吗？而且我看见的那些人，显然也都走到另一端了。所以不论恶魔园里的诡计变成了什么，肯定还是可以通过的。”

“可是，红色警戒……”

茉莉安看了看警示牌，又看了看卡当斯，接着又看了看牌子。她发觉自己的脉搏跳得更快了，因为决心更坚定了。她想对邪灵黑市调查一番，想去寻找卡希尔、帕克西姆·勒克和其他人。这正是她的好机会！既能帮助朱庇特找到那些失踪人员，也能以此证实，这些坏事不是她干的——海洛薇兹骂错人了。也许，找到了失踪人员，长老们就能准许她重返奇团了？

她猛地点了点头：“你说得对，咱们这就去吧！”

卡当斯笑了。两个女孩儿一起走进了恶魔园。一开始，什么事都没发生。有那么一会儿，茉莉安甚至以为这条诡计巷道里根本没有诡计，警示牌挂错了……可突然间，她觉得肺里所有的空气都像是被挤出去了。

“继续走。”卡当斯喘着气急促地说道。她推了推茉莉安。

当茉莉安越来越迫切地需要空气时，求生的本能起了作用。这种本能在她的身体里疯了似的窜动，想把她往回拽，拽到明亮的、空气充足而安全的地方。

“相信我，”卡当斯握紧了她的手，“相信我好吗？”

这时，茉莉安才发觉自己……的确是信任卡当斯的（这种信任是打什么时候开始的呢？她百思不得其解）。

她反抗着自己的本能，固执地把一只脚踏向另一只脚的前面。她的肺挤空了，脑袋也像要炸开来似的。她急切地渴望着空气，可四周一丝也没有，只有胸口的灼烧感在延续……

终于，她们冲破了那看不见的阻力墙，总算吸到了一口空气。茉莉安的肺隐隐作痛，脑袋晕乎乎的，她觉得自己快要昏倒了。不过，她们成功了。卡当斯一言不发地向上指了指。

仿佛是对东门那壮观的“永泊镇市集”迎客表演的嘲弄，此刻，在她们头顶上方，也有一道木头拱梁：弯弯的、颜色发白而破旧。上面漆着四个崭新的黑色大字：

邪灵黑市

“是真的。”茉莉安气喘吁吁地说。

“我早就知道。”卡当斯恶狠狠地说。

她们望着面前的广场，目瞪口呆。这里不再是空荡荡的，而是挤满了买家和卖家，并且没有哪个看起来像是善茬。和永泊镇市集相比，这个地方没有一丝一毫的迷人可言。市集光彩照人、充满魔力、热情好客；黑市则活像被人吐了口水、踩在脚底、踏进泥里似的。

“我真想立刻告诉米尔德梅，他错了。”卡当斯咕哝着，戳了戳茉莉安，“喂，别这么直盯着看，太显眼了。淡定点儿。”

可她们穿过黑市时，茉莉安还是忍不住直勾勾地盯着看，完全淡定不了。这里出售的商品，与她在其他地方看到的任何货物都不同。左边有张桌子，上面摆着各种奇状动物的器官。她厌恶地尖声叫了起来。

卡当斯一把把她拉开了，从嘴角边挤出两个字："淡——定。"

她们走过一家罩着黑色帆布篷的摊子，外面挂着的牌子上，只简单地写着：秘密交易。再往前走，又有个女人在招揽客人，称可以带任何人偷渡，出入冬洋国，而且"价格公道"。

"牙牙牙！"她们经过一处货摊时，老板叫唤起来，把两个姑娘吓了一大跳，"牙牙牙！有毒的没毒的，应有尽有嘿！奇迹动物的、奇状动物的，还有人类的小尖牙！机不可失时不再来了嘿！臼齿、犬齿、智齿、獠牙。施法术呀，当珠宝戴呀，管你买去做什么，给我钱就好呀！牙牙牙！欢迎选购，快来挑吧！"

她们越往黑市的深处走，四周就越是黑暗、丑陋。茉莉安真想闭上眼睛往回跑。她渴望市集上明亮的灯光和欢快的音乐。邪灵黑市里同样熙熙攘攘，挤挤挨挨，太容易迷路了。这儿的顾客似乎不愿意与人眼神相交，但茉莉安还是渐渐地觉得，她们太过显眼了。两个小孩儿，没人陪伴，胸前的金色 W 形别针闪闪发光。她们与这里格格不入。

她连忙把那证明自己奇团成员身份的别针摘了下来，塞进了口袋。"摘掉别针。"她轻声对卡当斯说。

在黑市的中央，有一座帐篷，吸引的人似乎远超其他摊位。一个身材高大、长相很凶的男人把守着帐篷门口，手里还牵着四条吓人的大狗。一大堆人在他那里排队。他数着数，叫排队的人两人一队往里走。突然，他抬起手，叫其他的人停下。

"好了，诸位，我们的拍卖已经客满了。祝你们下次好运吧。"

"你不是开玩笑吧，小子？"队伍前头那个蓄着胡子的男人抱怨道，"我说，公平点儿啊，我都等了好几个月了。"

"那你只能下次早点儿来啰，"守门人说，"人数是严格限制的。穿着体面，先到先得。你也知道这是什么意思对吧。春季拍卖时我可见过你。"

那位顾客凑上去，悄悄地说："听着，我……呃，我是为那件大货来的。你懂我指的是什么。我可是准备出大价钱的。谁的钱不是钱啊。"

茉莉安和卡当斯交换了个眼神。"那件大货"？会不会是失踪人员之一呢？

"这是当然的了。可你也太不守时了。"守门人说，"你还是秋天再来吧。回见。"

那人拼命地扯着自己的胡子："哎呀，伙计，行个方便吧，那小畜生可难得一见……"

"我说了，回见。"守门人厉声说道，"趁我的朋友们还没动手轰你走，你最好自己先走。"他冲着那四条拴着链子的恶狗努了努嘴。狗接到指令，已经低声咆哮起来了。那个蓄着胡子的人只好灰溜溜地走了。经过卡当斯身边时，她伸出手拦住了他。

"你不会就这么走人了吧？"她问。

那男人冷哼一声，想从她身边挤过去。但卡当斯只是简单地说了一声"站住"，他就真的停住了。她抬起头，凝视着他，用蜜蜂那样嗡嗡嘤嘤的声音说道：“回去，让他见识见识，不把你当回事会有什么后果。”

茉莉安看见那人的眼睛里闪过了什么，仿佛突然被激发了斗志似的。他气哼哼地冲回队伍前面，大吵大嚷地用手指按住了守门人的胸脯。恶狗狂吠着往前冲，链子绷得紧紧的。刚要散开的队伍又聚了起来，人们就像被磁铁吸引着似的——要打架了。

“快来。”卡当斯低声说。她们用这场混乱做掩护，溜进了狭小的帐篷口——这里漆黑一片，由蜡烛照明，看起来就像个豪华的舞厅。

茉莉安把身后的帆布拉了下来，外面的喧闹立刻就像火焰似的熄灭了，取而代之的是宁静而优雅的闲聊声、酒杯碰撞的叮当声。这里有一种令人迷乱、失去方向的奇异感觉。茉莉安发现了一张没人的桌子，桌上摆着各种面具、面纱和兜帽，还有一块牌子，上面写着：谨慎方便之故，请您自选。茉莉安随手抓起两个橡胶面具，自己套上了毛茸茸的“大猩猩”，把“狐狸”塞给了卡当斯。卡当斯做了个鬼脸。

“不会有人注意到我们的。”她抗议道。

“你看看，”橡胶面具遮住了茉莉安的声音，听起来闷闷的，“这儿哪有不戴面具的？你偏要当与众不同的那个？快戴上！”

卡当斯之前的描述说得通了：她所看见的那些进入恶魔园的人都是遮住脸的，而这里的人也全都以各种方式伪装了自己。

谁也不愿意在这种地方被人认出来。

这时，茱莉安看见，在帐篷的尽里面，铺着红色绒布的高台上放着一只笼子，就像一尊奖杯，而笼子里面……

“是布兰布尔教授的小华姿猫！”她惊叫道。

这幼兽厚实的白色皮毛都脏了，大大的蓝眼睛像两颗水晶球。他嗞嗞叫着，低声咆哮，疯了似的从金属栏杆之间伸出爪子猛抓。他显然惊恐无助，急切地想要逃脱，可那桀骜的模样活像一头狮子。茱莉安不由得瑟缩起来。她真想冲过去把小猫放出来，可眼下，冲动行事就太蠢了。

在帐篷的这一边，气氛就没那么斯文了。人们哈哈大笑，大喊大叫，朝着那可怜的小家伙一通乱扔——食物、石头、空瓶子——想要激怒他。他们如愿了：小华姿猫不再蜷缩在笼子后头，而是更加疯狂地挣扎，更加大声地嘶吼，明亮的蓝眼睛里充满了恐惧。茱莉安看着这一切，心里既憎恶又无助。在她身边，卡当斯的呼吸也变得猛烈、急促起来。

“女士们，先生们，我们今天的第一件抢手货闪亮登场！”一个男人站在华姿猫后面的木头台子后头喊道。他穿着一套棕色粗花呢西装，面具遮住了大半个脸，手上拎着一根拐杖，时不时地会撞到笼子的栏杆，发出当啷一声。“我为诸位展示的，正是这华丽而且相当罕见的华姿猫幼崽。当然了，这小崽看起来不怎么起眼，但我们都知道，成年的华姿猫会有多大，多有用！华姿猫是极其独立的生物，有着极其强烈的奇迹本能，不过尽管如此，它们仍然可以成为能干而驯顺的驮兽。如果趁它们幼年时就割掉舌头，那就更容易驯服了！这在冬洋国里流行得很哪！女士们，先生们，华姿猫出了名的聪明，出了名的暴躁，也全都不用怕——哦，用不着怕！那都是普遍的俗见罢了。要是你能采取正确的方法，是完全可以征服它们的。”

茉莉安觉得自己的喉咙里又要冒出火来了。她使劲儿地咽了口唾沫，努力地控制自己。他们要割掉他的舌头？那只可怜的小华姿猫？茉莉安突然恍然大悟：冬洋国的总统用六只华姿猫来替她拉车，它们从来不说话，难道就是因为……这个？她感到一阵恶心。

她想起了逗趣又刻薄的芬内斯塔，想起那一身灰毛的大猫是如何把朱庇特呼来喝去，是如何戏弄自己。小芬只做自己想做的事，说自己想说的话。茉莉安想象着沉默温顺的小芬，想象着她和其他华姿猫一起被拴在链子上，关在笼子里，一辈子都被逼迫着拉车，心里不由得一阵难受。那么做真是大错特错。

“那么，在座的诸位，谁有勇气驯服这英俊的华姿猫呢？谁能驾驭这头猛兽？或者，要是不想费劲儿驯服，也可以把它的皮剥下来做成外套穿啊。”

茉莉安忍不住小声地哼了一声。卡当斯连忙用胳膊肘戳了她一下：“嘘！”

拍卖师清了清嗓子：“话不多说，女士们，先生们，我们将以五千克莱开始竞价。这价格可是非常合算了。五千克莱，有吗？那边那位有文身的先生出价五千。五千五百克莱有没有？”

茱莉安心里一沉，肚子里一阵翻腾。原来，他们打算把那可怜的小猫卖给出价最高的人。

“穿绿色斗篷的女士出价五千五百。六千有吗？多谢您，先生，有文身的这位先生出六千。现在，还有没有人出六千五？六千五有没有？哦，那位戴着狗头面具的先生出六千五。现在有人出七千吗？”

竞价持续了好一阵子，气氛非常狂热，那么多竞价者争相出价，大呼小叫全混在一起，茱莉安都听不清拍卖师的话了。那只小华姿猫已经累了，摇摇晃晃地蜷缩着，接二连三的喊叫声和拍卖师用拐杖敲击栏杆的当啷巨响把他弄得筋疲力尽。

茱莉安的心怦怦直跳。她快要哭出来了。有那么一秒钟，茱莉安盯着那只小华姿猫——或许是想象出来的吧——但她真的觉得，他在向她求救。她的心都要碎了。

茱莉安和卡当斯同时看向了对方，仿佛收听着同一个无线电台似的，两人异口同声地说道：“我们得做点儿什么。”

“有好主意吗？”卡当斯问。她的声音不那么坚定了。

茱莉安没有回答，只是微微颤抖着举起了手。

“那位戴大猩猩面具的侏儒出价一万二。”拍卖师指着茱莉安说道。“一万二千五有吗？女士们，先生们……好的，多谢您，有文身的先生出价一万二千五百克莱。一万三？一万三千克莱，有没有？戴红头巾的女士出价一万三。有没……好的，有文身的

这位朋友，一万三千五，好极了，先生。那么，女士们，先生们，一万四千克莱，还……”

“一万五千！”茉莉安用她能发出的最低沉、最刻薄、最成熟的声音喊道。卡当斯忍不住咳了一声。这回轮到茉莉安用胳膊肘戳她了。

“大猩猩出价一万五千！那么——”

“一万六！”那个有文身的男人的声音更低沉、更刻薄、更沙哑。

“一万八！”茉莉安喊道。人群中掀起一阵惊讶的喧闹。卡当斯趁机问：“我们去哪儿弄那么多钱？”

“没处弄，”茉莉安戴着面具悄声说，“嘘！”

“两万！”有文身的男人气哼哼的。

“两万五！”茉莉安叫道。帐篷里一下子静了下来。

“两万五千克莱，”拍卖师不敢置信地重复了一遍，“两万五千克莱一次……两万五千克莱两次……”他顿了顿，扬起眉毛，看了看那个有文身的男人，“还出价吗，朋友？那好吧，两万五千克莱成交！祝贺这位小个子大猩猩！”虽然很是困惑，但他还是重重地落了锤，敲定了这笔交易。“请到我们的职员那里付款提货。女士们，先生们，现在我们将揭晓最后一件拍品……”

茉莉安听不见他说了什么。血液涌进耳朵，明摆着的难题像擂鼓一样，在她心里砰砰作响：现在怎么办？现在怎么办？现在怎么办？

但卡当斯已经看见那个职员了，他正站在华姿猫幼崽旁边，朝着茉莉安招手呢。“别担心。我能搞定。”她说。

职员不为所动。

“这是什么玩意儿？”

“是钱。”卡当斯说。她摘下了自己的狐狸面具，把它递给他。那年轻人一开始挺生气，后来就渐渐迷糊起来。“两万五千克莱。我数过了。两遍。”

“这不是……这是某种……”职员摇晃着脑袋，像刚洗过澡的狗。“你在玩什么把戏？”

茉莉安回过头，看向帐篷的另一边。拍卖还在继续。她真想立刻离开这儿。立刻跑远，头也不回。可是，她不能扔下小华姿猫，自己离开。他已经筋疲力尽了，瘫倒在笼子里，又悲伤又无助。

她只能断断续续地听见拍卖师的片言只字，而人们似乎对藏在红丝绒幕布后面的东西更感兴趣。

“想象一下吧，其用途……”拍卖师的声音在帐篷里飘忽不定，“海运商人和海盗……这种天赋……更不用说非法狩猎……或者暗杀……”

“我没有戏弄你。你搞错了吧。”卡当斯说道。她的声音像琴弓拂过大提琴弦那般平滑。“这两万五千克莱是拍得这只华姿猫幼崽的费用。钱就在你手里。我刚刚递给你的。”她朝着职员右手上的面具点点头，然后又朝着他左手紧紧攥着的笼子钥匙努努嘴。“现在你该给我小猫了。”

“现在我该给你……”

“没错……”

“可是……”

“没错。”卡当斯的声音令人昏昏欲睡。那年轻职员慢悠悠地眨了眨眼睛，转身打开了笼子。“很好。”

几分钟后，她们到了帐篷门口。那个晕乎乎的职员把卡当斯给他的狐狸面具锁在厚实的金属箱子里，真情实感地相信，那就是两万五千克莱现金。茉莉安费力地抱着那只受了惊吓的小华姿猫——她一只手攥紧了链子的一头，以防万一——简直就像抱着一头成年圣伯纳犬。她不得不摘掉了大猩猩面具，因为那可怜的小家伙似乎很是害怕。

茉莉安和卡当斯左躲右闪地穿过拥挤的人群。他们仍然围着最后一件拍卖品。拍卖师唠唠叨叨推销的声音盖过了杂音。“那位装着假腿的黝黑先生出价一万八千五。一万八千五。一万九有吗？如此低价就能拍得这种稀世珍品，诸位……”

茉莉安两只手紧紧抱着华姿猫，冲着他的耳朵叨叨着种种安抚的废话：“嘘！你已经安全了。嘿，你是最听话的小猫，对吗？小芬一直都在找你呢。安静点儿。你想不想跟我们一起去见见坏脾气的芬内斯塔？当然想了。她也是华姿猫。和你一样。”

卡当斯踮起脚尖，想看看人们为什么这么兴奋。“是装在箱子里的。”她轻声对茉莉安说道，“好像是……装鱼用的那种大水箱。”

茉莉安回头看了她一眼。“快离开这儿，”她不高兴地说，“拜托你帮帮我好吗？”

可是卡当斯停住了，落后茉莉安好几步。她躲在人群之中，瞪着那个箱子，想看看里面究竟是什么。她瞪大了眼睛：“茉莉安……你看。”

“咱们得赶紧走。我就要抱不住他了……”

“茉莉安，”卡当斯着急了，她指着水箱，急切地说，“你看啊！”

茉莉安费了好大力气，才不情不愿地折回卡当斯那里。她怀里的小猫可能是以为自己要被送回可怕的地方，于是又是嚎叫又是呲呲示威，使劲儿地用爪子抓着她的胳膊。然而，看见水箱里装着的“东西”，那震惊令她完全忘记了疼痛。

在玻璃之后，水面之下，被链子拴在一块大石头上……那是个男孩儿。

还活着。他彻底绝望了，嘴唇冻得发紫，可的的确确还活着。

当然，他不会死的。他能在水下呼吸。

“阿尔菲！”茉莉安叫了起来。她控制不住自己，还来不及反应，这个名字就已经脱口而出了。她的声音压过了人群和拍卖师的吵嚷声，寂静铺天盖地而来，仿佛一切都静止了。一双双眼睛齐刷刷地看向了茉莉安和卡当斯，还有咬牙切齿、低声咆哮、拼命挣扎的华姿猫幼崽。

“怎么有两个小孩儿？”拍卖师叫唤起来，“谁放她们进来的？快来人，抓住她们！”

周围一下子冒出六七个身材高大、面色不善的保安。卡当斯一把抓住茉莉安的手腕，想把她拉走。可茉莉安却像脚下生了根似的，站在原地，一动不动。

又要来了。她能感觉得到。

恐惧、憎恶和愤怒，犹如交响乐一般，在她的身体里澎湃翻涌，汇成了某种比她自身还要大的东西。不过这次有所不同：不是燃烧，而是凝聚。她觉得自己的能量在扩张，在膨胀，想要抓住实实在在的东西，想要吞噬挡路的万物；它将她周遭的一切都放大了，似乎在寻找着……寻找着……一件工具。一件器械。

在这光辉灿烂、一片金黄的时刻，茉莉安觉得它落在了离自己最近的那件东西上面：绝望地挣扎着想要逃跑的小华姿猫……

他终于成功了。

跃出她的怀抱时，他还是一只喵喵叫的小猫，可落地时，茉莉安控制不了的奇迹能，却把他变成了一头高大可怕的猛兽。他咆哮着，声音如同一整群雄狮在怒吼，他朝着拍卖师露出利齿，拍卖师当即就吓晕了。

巨猫扑向人群，窜到这边，又冲向那边，终得报仇的快乐让他兴奋不已。帐篷里立刻混乱一片，尖叫连连。茉莉安和卡当斯趁着华姿猫作乱和人群惊惶，跑向关着阿尔菲的水箱，却被人挡住了去路——正是刚才竞价的那个有文身的男人，他身上凡是露出来的地方都文满了黑如墨水的图案。

“是你干的，”他死死地盯着茉莉安，“怎么做到的？你是怎么做到的？你到底是什么人？”

茉莉安从他身旁挤了过去，朝着水箱那儿跑。她想把阿尔菲救出来，想带上他一起离开这儿。那男人朝她扑了过去，但卡当斯狠狠地踢中了他的小腿，疼得他抓着腿直叫唤。

“哎哟！”他叫道。他的三个朋友——全都戴着面具——向她们冲了过来。

“快跑！”卡当斯抓住茉莉安的手腕就跑。

她们冲向帐篷口，在人群中钻来钻去。来参加拍卖的人惊慌失措，没头没脑地涌向外面熙熙攘攘、喧闹嘈杂的邪灵黑市。

茉莉安心里的遗憾和内疚交织成一阵痛楚。她看着恶狠狠的华姿猫慢慢地变回了原来的大小，消失在人群之中，留下一片狼藉——摊位踩得乱七八糟，桌子掀翻了，商贩们在混乱中互相对骂，却没有意识到，罪魁祸首已经四爪踏地、逃之夭夭了。

快跑啊，小猫！她想道。她疯狂地希望他能想办法逃到安全的地方，她明白，自己和卡当斯没法儿再帮他了。泥菩萨过河，她们得先顾自己了。

“她在那儿！”粗哑的喊叫声从身后传来，“抓住她！”

她们左躲右闪地避开追赶者，一边跑，一边故意撞倒后面的桌子。卡当斯踢飞了一只大桶，里面装着的竟然是五颜六色的蛇。吱哇乱叫的声音催赶着茉莉安和卡当斯。她们跑得更快了。

她们一路狂奔，回到恶魔园，忍着令人反胃恶心的诡计，穿过巷子，回到永泊镇市集，又走过仿佛无边无际的一个个街区，最终——大汗淋漓、气喘吁吁，肺都要炸了——回到了圣物寺门口。刚好赶在午夜之前。

霍桑正在那两支燃着粉色火焰的火把之间来回踱步。他脸色苍白，一言不发，显然无法用语言来表达心里的担忧。霍默却和沉默的弟弟正相反，在小黑板上写满了惊叹号和大写字母，写了又擦，擦了又写。茉莉安和卡当斯则只能站在那儿，一边费力地想喘过一口气，一边承受着兄弟俩的怒气。

当然，男孩儿们最担心的是，霍桑逛市集时把茉莉安给弄丢了，两人一直在找她。对此，茉莉安其实并不以为意。倒是霍默的小黑板让她想起了什么。

她把手伸进外套内层的隐蔽口袋里，掏出一张软软的、银黑色的纸。

茉莉安顾不上解释，就从霍默手里抢过粉笔，打断他的抱怨，然后抵着墙，在那张纸上写了起来：

我们找到了阿尔菲·斯旺和华姿猫幼崽。

恶魔园。邪灵黑市。

告诉朱庇特。

带潜行特勤来。

接着，她轻轻地把杰克的全名念了三遍——约翰·阿周那·克拉帕蒂、约翰·阿周那·克拉帕蒂、约翰·阿周那·克拉帕蒂——再把那张纸放到火把旁边，看着它，灰飞烟灭。

3 一个人的专属学院

“小茉，拜托你，再也不要进入任何诡计巷道了。”

朱庇特一脸担忧。前一天夜里，他收到了茉莉安和卡当斯传回的消息，立刻就赶到了恶魔园，带着潜行特勤，带着警察，带着奇地异境战队，甚至还带上了芬内斯塔（在茉莉安看来，小芬自己就能顶十个特勤和五十个警察）。

可他们还是来迟了。华姿猫幼崽离奇的行踪引起了那些人的警觉，所以当朱庇特他们赶到的时候，拍卖帐篷已经拆除了，作恶的坏人四散离开，只剩下一片脏兮兮的广场，匿名摆设的摊位，手写的“邪灵黑市”牌子，空空如也的玻璃水箱……以及一个可怜的男孩儿，浑身湿漉漉的，独个儿坐在鹅卵石地上，冻得瑟瑟发抖。

至少，他们救回了阿尔菲。

可第二天早上，朱庇特的脸上没有一丝喜色，甚至对自己的工作总算有了进展也毫无满意的表示。他铁了心似的，只想从茉莉安那儿得到保证：永远也不再踏进任何一条诡计巷道。

“我是严肃的。”他的蓝眼睛闪着光，“诡计巷道太危险了，不值得你冒险。”

茉莉安做了个鬼脸。朱庇特怎么能这么说呢？如果她和卡当斯没有进入恶魔园，那么她们就永远也不会发现邪灵黑市，小华姿猫也不会重得自由，朱庇特和潜行特勤也不会找到阿尔菲・斯旺。她张开嘴巴，正要用这些话来反驳，朱庇特却抬起手，拦住了她。

“阿尔菲的心法消失了。”他的声音低沉、肃穆，仿佛在宣布谁得了什么绝症。

“消失了？”茉莉安问。朱庇特点点头。“消失了……怎么会呢？”

“我们也不清楚。”他重重地叹了口气，揉了揉疲惫的眼睛，“目前还不能确定他的心法是被剥夺了，还是……唔，有时候，严重的创伤应激也可能……”他的声音低了下去。茉莉安能听出这里面的困惑。他是真的不知道。潜行特勤也是真的不知道。

“那卡希尔和帕克西姆・勒克呢？”茉莉安轻声问道，“还有那只小猫……有人找到他吗？”

“没有卡希尔的踪迹。帕克西姆确实在那儿，因为我们找到了拍卖清单，但没发现他。我们认为，他可能……”他停下了，不能或是不愿意说完那种可能性。“总之，我们不会放弃的。小芬的人都在外面搜寻那只小猫。现在他们知道那可怜的小家伙是在大街上乱跑，而不是被锁在笼子里，找到的概率就大了许多。”

茉莉安皱起眉头：“‘小芬的人’到底是谁？”

“她的朋友。大部分是华姿猫。他们不与外人交往，但周围会有几个同类交游甚密，互相看顾。”

“可是……奇迹社团就不能帮帮忙吗？潜行特勤呢？难道我们不应该去调查……”

“这件事里没有‘我们’，小茉。”朱庇特的声调升高了，“调查与你无关，懂吗？”

“这不公平，”茉莉安能听见自己声音里的哭腔，却控制不住，“是我找到的黑市……好吧，是卡当斯和我。是我们放了那只小猫，是我们……”

“是你们当着一屋子人的面展示了自己的天赋，而他们个个都能掏出大笔金钱买下它。”朱庇特厉声说道。茉莉安吓了一跳。

“我才不是故意展示给他们看的，”茉莉安咕哝道，她想起了小华姿猫的奇异变形，“我跟你说过了，我并不知道那是怎样发生的，可它就是……”

“……发生了。”朱庇特叹了口气，替她说完了，“我知道。这个，恐怕我也解释不清。”

他脆弱的耐心崩裂了。但她知道，在这沮丧背后，还有更多的秘密。他定定地凝视着她的眼睛，而她在他的眼神里看到了恐惧。“茉莉安，你要相信，所有人都在尽最大努力搜寻失踪者。还有，拜托你，不要再进入诡计巷道了。”

余下的暑假，就像一个奇诡的、令人有些喘不过气来的梦，匆匆过去了。朱庇特仍然总是不在家，但在他回来的时候，总是下定决心似的，要弥补自己的缺席。茉莉安强烈怀疑，这是为了让她忙忙碌碌、有事可做，因为这样她就没有理由、没有诱因，也没有机会去寻找关于邪灵黑市的线索了。

很快，事情明朗起来。朱庇特拉拢联合员工们，竭尽各自所能，让丢卡利翁大饭店在这个夏天里愈发引人注目。房顶上有摇滚音乐会和午夜餐会；南面的草坪上有门球比赛，几乎每晚都有烟火表演。尽管茉莉安一有机会就缠着朱庇特，打听关于邪灵黑市的调查进展，可面对没完没了的庆祝活动，她还是很难无动于衷。

几乎每个周末，弗兰克都要举办一场泳池派对，大家可以自己动手制作圣代冰激凌，还可以参加水球大战。朱庇特叫人装了滑水道，还有栩栩如生的充气北极熊水床，可以把人弹向半空，然后用软软的爪子接住，再按进水里。茉莉安、霍桑和杰克玩儿得不亦乐乎，开心地叫个不停。

一个周末，茉莉安突发奇想，邀请919团的所有成员来大饭店玩儿。她既兴奋，又紧张：这下可以向大家证明，自己并不危险，是长老们弄错了。她甚至还亲自在精美的羊皮纸上写了请帖。

她把要写在请帖上的话细细思考了一番——车站上发生的事，她很过意不去；那是一次意外；她从来没有过故意伤害他人的意图；请大家周六来游泳、吃雪糕吧。她小心翼翼地把请帖装好，用朱庇特借给她的封蜡工具封上，然后让霍桑替她转交给大家。可是，到了周六，只有霍桑和卡当斯来了。

茉莉安尽力不流露出沮丧的样子，花了整整一天时间，带卡当斯参观丢卡利翁大饭店——这对她们脆弱的友谊来说，简直就是全新的考验。与霍桑不同（他对丢卡利翁的一切都充满了无限的热情，不管有多怪异，这很叫茉莉安满意），卡当斯的反应要复杂得多。

她礼貌地表达了对雨房的困惑（什么？所以只是……下雨？里面？一直下？为什么？），以及对戏剧厅的讨厌，因为化装间里的每一套戏服都会将自有的口音和举止特点附着在穿它的人身上（茉莉安明明警告过卡当斯，不要穿那套“靴子猫”的服装，可她还是穿了，而且脱掉之后过了一个小时，还不停地喵喵叫、挠耳朵呢）。不过，她很喜欢懒洋洋地躺在湖中央的沙岛上，伴着摇曳的棕榈树，以及和煦微风中叮当作响的尤克里里乐声。

霍桑在假期里也得参加少年驭龙者联盟的训练，但下午还是常常要去丢卡利翁大饭店，他疲惫不堪，满身脏兮兮。他和茉莉安、卡当斯常常会聚在吸烟室里，一边玩儿纸牌，一边吸着墙壁上析出的最新款夏日清新香氛。吸烟室正在试用新一季的香氛，效果喜忧参半：椰子、海风和草莓奶油三款最受欢迎，驱蚊烟、地铁通勤者汗香，以及野餐土豆沙拉香三款就没那么成功了。

既然不准掺和朱庇特他们的调查，茉莉安就把注意力转向了勒索 919 团的幕后黑手。可是，她不能离开丢卡利翁大饭店，成员们也不怎么和她说话，她不得不承认，自己还是没什么事可做。

不过，茉莉安想，至少有一件好事，那就是，勒索他们的人也在放暑假。所以，至少在 919 团开学上课之前，他们可以暂时摆脱更多无理要求。

然而，好景不长。

“看看这个。”一天早上，坐在躺椅上晒太阳时，卡当斯把一张纸条递给了茉莉安。她戴上墨镜，躺了回去，而茉莉安看见纸条上面写着：

卡当斯·丽诺尔·布莱克本：

明天上午，你的资助人将有一场重要的公开活动。

你要想个有创意的方法，让他羞辱自己。

如果失败了，那么我们将揭发 919 团的秘密。

记着：

不要告诉任何人，

否则一切将尽人皆知。

茉莉安的脸色一下变得煞白。她不喜欢巴兹·查尔顿，可是，如果有人让她在“保护自己的团队”和“让自己的资助人当众出丑”当中选一个，她真的不知道该怎么选。

这至少缩小了怀疑圈——巴兹肯定不会让自己当众丢脸。可尽管如此，她还是没能更接近幕后黑手的真面目。

茉莉安瞥了卡当斯一眼，她正把双手支在脑袋后面，沐浴在温暖明亮的阳光中呢。

“我还以为你不会收到这个呢。”她承认道。

“我也这么想。”卡当斯皱着眉头说，“我原本以为，他们根本不会注意到我。”

“所以，呃，”茉莉安想尽量说得轻松些，“明天上午的公开活动是什么？”

“是今天上午——纸条是昨天送来的。他要向议会请愿，要求制定更严格的边境法律。很盛大、很重要的演讲。”

“哦……”茉莉安等了又等，但卡当斯没再说什么，她只好问道，“那……怎么样了呢？”

“唔，我得好好想想啊，你懂吧。”

“是啊。”

“我整夜都没睡，一直在思考该怎么选择，睡也睡不着。”

“当……当然。”茉莉安屏住呼吸。

“可是到了最后关头，我还是拿不定主意，是让他从头到尾流口水呢，还是用婴儿的声音讲话呢，还是结束时脱掉裤子大喊‘巴兹要拉屎’呢。”卡当斯咧开嘴笑了，“所以我就三个都选了。”

烟花、滑水和摇滚音乐会都很棒，茉莉安想，但这一刻，才是整个暑假里她最珍爱的一刻。

假期快结束时，一大早，朱庇特就叫醒了不情愿起床的茉莉安和杰克，宣布自己的长期探险告一段落，然后把他们带到了房顶——那儿系着一个巨大的热气球。热气球高高地飘浮在房顶上空，俯瞰着整个永泊镇，被太阳的金色和粉色光芒笼罩着。四周安安静静，只有阵阵热气时不时地从燃烧器里喷出来……这实在太梦幻、太神奇了。茉莉安真希望自己可以一直飘在天上，不要回到地上，也真希望这个暑假永远不要结束。

但是，她也不傻。她知道这一切都是大家联合起来努力维护的，目的就是让她在丢卡利翁大饭店里有事可做、开开心心、安安全全，引导她远离针对邪灵黑市的调查，减轻奇团禁令对她的打击。

茉莉安很感激大家的用心付出，发自内心地感激。然而，事实是，当新学期开始，霍桑和 919 团的其他成员回到奇团去上课了，她还是落单了。长老们仍然没有确认茉莉安重返校园的安全性，并且坚持，就目前而言，禁令必须继续执行。朱庇特一而再再而三地恳求、哄劝、威胁、咆哮，却全都无济于事。

“格蕾戈利亚·奎恩是我所认识的最固执的人。”有一天，朱庇特结束了另一项没有结果的任务，从长老院回来，忍不住大放厥词（后来，茉莉安查了一下“固执”这个词，完全赞同朱庇特的见解），“苍天在上，要不是因为你，潜行特勤也没法儿救下——也没法儿……把阿尔菲送回家。”

这话里其实暗含着不安和焦虑。因为，潜行特勤并没有真正地“救下”阿尔菲，不是吗？至少，在长老们、巴兹·查尔顿……或者大多数奇团成员看来，并没有。据朱庇特描述，他们的表现就像阿尔菲已经死了似的，可实际上他只不过变得……正常了些。

“至少他还活着。”每当谈及阿尔菲失去心法的时候，茉莉安总会这么说。朱庇特一直都同意这一点，但她知道，在他内心深处，其实也设身处地地想过，要是自己不再是见证者了会是什么感觉。

茉莉安也想过，要是有人突然告诉她，她不再是奇迹锻工了，会怎么样。鉴于奇迹锻工这件事带给她的只有悲伤，她可能会办个庆祝聚会吧。不过，尽管如此，她还是可以体会到，在不知情的情况下被剥夺了心法是什么感受。心法使人变得独特、重要，失去它，确实不亚于一种“小型死亡”。

“你觉得……他还能把心法找回来吗？”她问，“我是说，也许他们能找到买心法的那个人呢？”

“我们并不能确定真的有人买了它，”朱庇特说，“我甚至怀疑这种买卖的可行性。阿尔菲那儿问不出什么；他吓坏了，几乎什么都不记得了。或许——但愿——这只是创伤应激反应，假以时日还能恢复。”

“如果恢复不了，”茉莉安问，“他还能留在奇团吗？”

朱庇特沉默了一会儿。茉莉安不知道，他是不是要撒一个善意的谎。但他只是直截了当地耸了耸肩。

“我真的说不好，小茉，”他说，“这得由长老们决定。”

暑假终究还是不可避免地结束了，昂斯托得教授仍然天天到丢卡利翁大饭店来，继续他那关于奇迹锻工邪恶事迹的课程。

大饭店的员工们全都知道茉莉安上课的感受（她没少抱怨，所以他们应该知道）。尽管如此，他们还是尽量让她的老师在大饭店感到宾至如归。

至少，茉莉安是这么想的。

刚开始的时候，确实是的。

“今天能提供给您的场地恐怕只有这儿了。”第一天上午，凯吉瑞把昂斯托得和茉莉安领到了丢卡利翁大饭店位于五楼的第二大宴会厅，“其他房间都用着呢。这是酒店业一年中最繁忙的季节啊，您理解吧。”

昂斯托得慢吞吞地挪着步子，光是从电梯挪到走廊，就花了将近半个小时。可凯吉瑞似乎并不介意，一路上一直兴奋不已、喋喋不休，丝毫没注意到昂斯托得不耐烦的哼哼和气呼呼的答话。眼下，他望着宴会厅，像往常一样发出了咔啦咔啦的呼吸声，似乎无比震惊。

"您的……意思是……我要……在这里……教授……"

"这里非常优雅，目前正在为我们一年一度的秋季舞会做准备，是的。"凯吉瑞打断他，歉意地耸耸肩，"不过不用担心，弗兰克保证不会打扰您上课的。对吧，弗兰克？"他朝着宴会厅另一边的吸血鬼侏儒喊道，而后者正在为他最喜欢的鬣蜥乐队检查音响。

"你都不会发现我在这儿，"弗兰克冲着话筒嚷道，震耳欲聋的混响震得昂斯托得一哆嗦，"哦，抱歉。"

茉莉安很想集中精力对付昂斯托得讲的那一大堆奇迹锻工的罪行，可这也太难了。最难的是，弗兰克总是干出各种荒唐可笑的事儿来，同时还要一遍一遍地念叨着："别理我，别理我，我不在这儿！"鬣蜥乐队把他们的热门舞曲《摇摆，摇摆，有鳞的尾巴》一连排练了三遍，茉莉安一直坚持着，板着脸。她甚至读完了整整一章奇迹锻工泰尔·马格努松的暴虐往事，心平气和地没管那些渐渐充满整个房间的香槟大泡泡。

然而，最后一根稻草——压垮茉莉安的一本正经和昂斯托得的有限耐心的稻草——还是压下来了：弗兰克领着一群穿着黑衣、打着领结、呱呱乱叫的鹅走进了宴会厅。

"这是……什么……意思？"奇龟教授质问道。而茉莉安终于忍不住咯咯笑了起来。

弗兰克转过身，满脸无辜地说："啊，教授，真抱歉，可总得有人培训这些编外员工啊！"

第二天，凯吉瑞把他们换到了东座的一间画室。画室里充斥着颜料和松节油的气味，凯吉瑞打开了窗户，小心翼翼地表明，这里至少没有穿燕尾服的水鸟。

可是，这里离音乐沙龙很近，钱达夫人在外面的走廊里走来走去，练习咏叹调。每当她那天使般的声音飘过画室，成群的松鼠、蓝知更鸟、獾、狐狸和田鼠就会不由自主地被吸引过来，从那敞开的窗户里蜂拥而入。昂斯托得让茉莉安把窗户关上。可这样一来，颜料的气味越来越重，让人无法忍受，那些小动物还是不停地聚过来，抓着玻璃，叫唤着想要钻进来。

玛莎每天为他们准备午餐。听昂斯托得教授嘀嘀咕咕地抱怨过几句之后，茉莉安才知道，玛莎一直故意在他的饭菜里做手脚：汤总是有点儿凉，茶总是有点儿淡，面包总是有点儿不新鲜。而且，玛莎常常会在午餐时塞给茉莉安一块锡纸包的巧克力，或是小小的冰镇蜂蜜蛋糕，却没给过教授任何甜点。这些只是微不足道的小事儿，可是，按照温柔、体贴的玛莎的标准，这已经是全面宣战了，所以茉莉安特别感激她。

那个星期，他们每一天都要换个新场地，总是能碰上各种各样的惹人厌烦的事。于是，没过多久，茉莉安就明白了员工们的意图。这使她的精神为之一振——就连泳池派对和乘坐热气球都无法比拟的振奋。每天早上，她都会兴奋地从床上蹦起来，迫不及待地想看看，昂斯托得教授还会遇见什么挠头的麻烦。

然而，丢卡利翁大饭店抗议声势的重头戏，当然是——芬内斯塔。星期五上午，茉莉安和昂斯托得教授刚在新的临时教室（位于七楼的一个废弃的羽毛球场）安顿好，小芬就优哉游哉地走了进来。她一言不发，只是坐在茉莉安身后，瞪着教授，怒目相向，咄咄逼人地发出咕噜咕噜的声音，震得地板直打战。

茉莉安知道，如果有人打扰了他们上课，昂斯托得肯定会要求他立刻离开。但敢于对芬内斯塔发号施令的人也没几个。

当天晚上，邮差送来一封信，象牙色的信封上写着茉莉安的名字。

克罗小姐：

此信是要通知你，我与诸位长老已重新评估了你的课业隔离审查情况。经过再三考虑，并基于昂斯托得教授的强烈建议——他向我们保证，本周并未从你的言行中看到任何威胁性——我们很高兴地邀请你于星期一重返奇团，并照常参与米尔德梅先生的“解码永泊镇”课程。

无须赘言的是，我们仍将密切关注你的行为。

请不要让我们失望。

谨致问候

格蕾戈利亚·奎恩长老

4

谜与骨

第二年·秋

茉莉安房间里，那扇通往车站的门上，圆圈中央的 W 字母亮了。她站在那儿，足足停了一分钟，让自己的呼吸与那跃动光芒的柔和趋于一致，才最终鼓起勇气，对准指尖按了下去。

门开了，几张面孔映入眼帘，和她想象的差不多。至少，卡当斯和霍桑看见她还是挺高兴的。其他人呢，比较好的表现出了小心翼翼的尴尬，最糟的则是开诚布公地显露出了敌意。

鉴于过去一周里他们的遭遇，这种态度也情有可原。

周末，卡当斯和霍桑把事情的原委告诉她了：在她缺席的这五天里，四封勒索信接踵而至。

最先中招的是马希尔。那些人要求他用七种不同语言在巧舌堂里涂写粗话脏话。然后是霍桑，他不得不放火烧了龙舍的一部分——不过以他讲述时的神情来看，这事儿他干得挺开心。

“根本没人起疑心！”他说，“因为‘千盏木炉燃如火’刚好在那一片睡觉，所以我就把责任推给他了。他能喷瓦斯啊，燃如火嘛！”

安娜伊仍然为自己的“罪行”震动不已——她不得不按照勒索要求，从教学医院窃取了医疗用品（据卡当斯说，只不过是几副橡胶手套和一个便盆，可接下来的几天，安娜伊一想到那些抚养她长大的修女会怎么评价自己就哭个不停）。

阿占收到的勒索要求最可怕：偷一绺迪尔伯恩女士的头发。茉莉安觉得，这事的安全性，就和偷一片龙鳞差不多。

“我还以为他会吓死呢，可他却办到了，”卡当斯做了个鬼脸说，“就是事后觉得实在过意不去，于是给她写了封匿名的道歉信，放在傲立楼的台阶上了。真傻。”

“看完信她就开战了。”霍桑咕哝道。

茉莉安走向她那些面无表情的团队成员。

“嘿，”她紧张地挥了挥手，“你们好吗？”

“哦，糟透了，”萨蒂亚气哼哼地瞪着她，“我们冒着那么大的风险，就是为了保护你一个人的秘密。可你呢？在你的豪华大饭店里过得挺开心，不是吗？”

“闭嘴吧，萨蒂亚。”霍桑说。但他的声音被家庭专列驶近时咣当咣当的声音盖住了。茉莉安看着萨蒂亚和其他人上了车，没再看自己一眼，只好叹了口气。

或许，正是因为偷头发事件，让迪尔伯恩突然宣布了考试期，就从当天开始。

和其他人相比，茉莉安要轻松许多。因为她的课程表上只有两门课——这也算是个好处吧。昂斯托得教授的考题之乏味，完全是预料之中的：试卷是巨大的一整本，试题全都很长，比如“写出史上最臭名昭著的三个奇迹锻工，并按恐怖和（或）愚蠢程度分别列出其五大恶行”，又如“为什么说毒心纪大战应完全归咎于奇迹锻工？请列出二十七项理由”。茉莉安花了三天时间才写完。

接近周末时，“解码永泊镇”开考了，比其他科目的试题复杂得多，但也有趣得多。

“好，919团的诸位，听清楚了！”米尔德梅的声音压过了傲立车站四周的喧闹杂音。他举起手指压在嘴唇上，于是学员们安静下来了。“我知道，星期四晚上熬夜很辛苦，而且这个时间来参加考试确实是有点儿累，也有点儿傻，但还是要保持清醒，好吗？最后再复习一遍规则——”

卡当斯抱怨道：“我们已经知道规则了。”

“真好笑，小朋友，”米尔德梅说，“现在大家一起回答我，第一条规则是……”

“不准乘伞轨车，不准使用奇迹枢纽，不准乘出租车，不准乘公共汽车。”大家干巴巴地答道。

米尔德梅伸出两根手指：“第二条呢？”

“不准向陌生人问路或搭话。”

“第三条？”

“不准看地图，不准看旅游手册。”

“第四条？”

“天亮前返回，安全无恙。”

米尔德梅举起手，五个指头全张开：“第五条，也是最后一条呢？”

“一人失败，则全团失败。”

“很好，”他点点头，“你们整个团队必须在日出前返回——从现在算还有三个小时——才算通过考试。”他挨个儿看着孩子们。“整个团队，一人不差。如果你想成功，就得和其他人协作。记住：三组中只要有一组失败了，全团就算失败。明白了吗？”

回答他的只有含混不清的咕哝声。

米尔德梅咧开嘴笑了，显然不打算介意这没精打采的回应。“好极了！现在分组上车吧，吊舱会把你们送到起始点——这野性而奇妙的城镇中的任何一个奇迹枢纽车站都是有可能的。你们或许注意到了，吊舱没有窗户，所以也就猜不出要去什么地方。到达起始点之后，你们才会拿到第一条线索，并据此寻找到第二条线索，以此类推。每组有三条线索，想通过考试，就得在规定时间内把它们全找到才行。记住，我们考查的是你们在永泊镇认路的能力以及互相协作的能力。一个人也不能落下。明白了吗？好，上车吧。”

卡当斯、阿占和兰伯斯上了第一个黄铜吊舱，萨蒂亚、安娜伊和霍桑上了第二个吊舱。米尔德梅冲他们挥挥手，喊道：“好运！”舱门关上了。

茉莉安原本希望米尔德梅能把她和团队中仅有的和她关系

还不错的两个人分在一组，结果却运气不佳。她和弗朗西斯、马希尔上了第三个吊舱，在一片凝固般的尴尬静默中熬过了四十五分钟车程。

她觉得，另外两个人可能也和自己一样，神经紧张地意识到，吊舱已经把他们送到了很远的地方——甚至到了永泊镇的外围，而且原本必须在三小时之内赶回去，现在又被车程压缩得只剩两个多小时了。

吊舱终于在奇迹枢纽的车站上方停下了——说是车站，其实只是铁轨旁边的水泥平台罢了。三个学员从吊舱里钻出来，走进冰凉的夜风里。四周黑漆漆的，车站也关闭了——对外关闭，只准许奇团的列车和吊舱在这个时间驶入驶出（这也算奇团成员的另一项特权）。天空晴朗无云，星星明亮地闪烁着，这是在永泊镇中心很少能见到的景象，因为那里的光污染太严重了。茉莉安深深呼吸，空气清冽甘甜。她看了看车站的牌子：北辰山。这证实了她之前的怀疑：他们乘着吊舱，一路来到了永泊镇的一个郊区——猎户星区。她皱起眉头：他们该怎样走，才能赶在天亮之前，从这里回到老镇区呢？

“第一条线索有了！”马希尔指着墙壁上的挂钟叫道。那儿塞着一封信，信封上写着数字“919”。弗朗西斯一马当先冲了过去，一把扯下信封，大声地念出了里面的内容。

“夜晚之花园，”他念道，“杀手之尽欢，懦夫之刀兵，致死之落英。”

“什么意思？”马希尔问。

茉莉安脑袋里的齿轮慢慢转动着。夜晚之花园……致死之落英。“哪种花能杀人呢？”

“唔……有毒的花？”弗朗西斯不太肯定。

“不对，”马希尔兴奋地睁大了眼睛，“是那种有牙齿的大型食蝇草！南方的雨林里就有，能把人整个吃掉呢！”

“可是在哪儿……”茉莉安顿住了，“哦！不，马希尔说得对！‘懦夫之刀兵’，这说的就是下毒！我们要去的是一个生长着有毒的花草的地方。‘夜晚之花园’又是指哪里呢？”茉莉安掰着手指头，一个一个地列出了永泊镇的三大绿地：“老镇区的腰带花园，圣格特鲁德公园，呃，还有……奥克斯博罗绿地。可是它们都不在夜晚开放啊……”

“诡奇花园！”弗朗西斯打了个响指说，“你能想到的几乎所有有毒植物都能在那儿找到。我之前在那儿买过一些毒伞。公园附有一家小店。”

茉莉安皱了皱鼻子：“‘毒伞’是什么？”

“就是有毒的蘑菇。它们其实相当美味，只是……只能用很小很小的剂量。”

“你买过毒蘑菇，”马希尔惊愕地看着他，“从一个名叫‘诡奇’的花园买的？”

弗朗西斯耸耸肩，又重复了一遍：“公园附有一家小店。”

茉莉安默默地记住了两件事：第一件，再也不要吃弗朗西斯拿给她的东西；第二件，问问朱庇特，为什么他从来没提起过永泊镇还有个毒物花园。天呢，他肯定是知道，这些玩意儿正对她的胃口。

“夜晚之花园，杀手之尽欢。肯定就是那个地方。我们现在在猎户星区，诡奇花园位于我们的东部，那么……”茉莉安停住了，在脑海里重现着永泊镇的地图，“弗朗西斯，距离诡奇花园最近的奇迹枢纽车站是哪一站？”

“老马洛路。”

“到了老马洛路，你能领我们去那个花园吗？”

弗朗西斯皱着眉头想了一会儿，然后点点头说：“能，应该可以。”

“马希尔，现在距离天亮还有多长时间？”

马希尔看了看手表：“一个半小时。我们肯定完不成了。”

“别说这种话，”弗朗西斯焦虑地拧着外套衣摆，“要是通不过考试，海斯特肯定会杀了我。”

虽然不愿意承认，但马希尔说得确实没错。所有的公共交通都禁止使用，而且还有两条线索，也就是两个神秘地点没有找到，茉莉安也觉得在天亮前赶回奇团不太可能。

然而，茉莉安只有两门考试，她绝不会就这么放弃其中的一门。那样的话，迪尔伯恩就会认为自己的看法得到了佐证：可怜的茉莉安·克罗，只不过是个失败的试验，根本不配接受这么好的教育。

“我们能完成，”她一边说，一边挽了挽袖子，“但愿你们俩穿的鞋子够舒服。”

他们硬是跑到了诡奇花园的门口。这占用了他们宝贵的二十分钟。而一路上，他们见到的仅有的活物，就是两只闹哄哄的狐狸、几个挤在商店门口的流浪汉、一位清洁工——三个人疯了似的冲过去时，还把人家吓了一大跳。

这个时间，公园的黑色大门是锁着的。不过，门上的那个银质骷髅头的嘴巴里，叼着一只小信封，上面写着数字“919”。马希尔把它拿下来，大声读道：“不是青铜，不是黄金，只有老屋老。财富丰足，道德存疑，健康又不康。”

“又是个谜语！”茉莉安说，“唔，不是青铜，不是黄金，那就是白银啰，对吧？”

“老屋……这很宽泛啊，”弗朗西斯说，“永泊镇的老房子可多了——”

“哦！”马希尔突然叫起来，“是大族老宅！”

“大族老宅？”茉莉安问。

“就是白银区的那几大家族啊，”马希尔说，“大家都这么叫——圣詹姆斯老宅，费尔柴尔德老宅……全都是有钱又卑劣的贵族。‘财富丰足，道德存疑，健康又不康’，应该就是指他们吧？不过我不知道该怎么去那儿啊。”

“我也不知道，”弗朗西斯说，“不能使用奇迹枢纽，就不知道路线了。”

茉莉安闭上眼睛，再次在脑海中勾勒出永泊镇的地图。她以前看见过“白银区”这几个字。她想象着水流……运河。小船在浓重、缭绕的雾气中航行……

“鸠罗河 - 奥登码头那站就在白银区！”她胜利般地大声说道，“那个区刚好被鸠罗河环抱着，我在即时地图上看到过！”

“那可太远了啊！”弗朗西斯沮丧地倚在诡奇花园的大门上，大门发出咣啷咣啷的声音，“要跑到那儿至少需要一个小时！我可跑不动！”

“早就跟你们说过了，”马希尔也倚着大门，慢慢地往下滑，扑通一声瘫倒在地上，“我们不可能赶在天亮前回到奇团。不如现在就放弃算了。”

“快打起精神来！”茉莉安冲着两个男孩儿大声说。她努力回忆着自己在即时地图上看到过的其他细节。“你们俩是怎么用这种心态通过去年的选拔赛的？站起来，跟我走。我有个绝妙的好主意！”

“这主意也太吓人了！”弗朗西斯在风中叫道。

“是啊。”茉莉安也同意。

“可你刚才说……”

“我骗你的嘛。”

马希尔抱怨起来：“我们已经等了十分钟了，它还没出现！我就要冻死了，快让它——”

“放心吧，”茉莉安说，“它会出现的。它们从不停运。再等一下吧。相信我。”

她竭尽全力，想调动起那个金发疯子教给她的顽强不屈以及饱满的生命力。但是，从她、弗朗西斯和马希尔所在的位置往下看，也实在难以忍住晕眩和恶心——他们正站在世纪大桥的栏杆上，小心翼翼、摇摇欲坠，俯瞰着下方深不见底、漆黑一片的鸠罗河。她开始冥思苦想，打算另想一个计划，可就在这时，一艘垃圾驳船的船头从桥下冒了出来，迅速划破水面，驶向了另一艘和它大小一样的船。茉莉安如释重负。

“数到三，”她大喊道，让声音盖过奔涌的水声，“准备好了吗？”

“没有！”马希尔嚷嚷着。

“没有！”弗朗西斯也嚷嚷着。

“走喽！一——二——跳！”

弗朗西斯和马希尔真的跳下去了，对此，茉莉安十分肯定，这只是因为，她死死地攥着两个男孩儿的胳膊，才让他们没有丝毫临阵脱逃的可能。

三个学员一边尖叫一边下坠，终于落到了一堆臭烘烘软绵绵的垃圾上。

“呃呃呃！茉莉安，我绝对不会……”弗朗西斯本来想站起来，但是脚下一歪，摔了一跤，滑到了垃圾堆下面，撞得垃圾堆小小“滑坡”，把茉莉安和马希尔也带了下来。“……绝对不会原谅你！”弗朗西斯瞪着茉莉安，说完了后半句话。

“等你通过考试就会原谅我了。”茉莉安一边咕哝，一边费劲地站了起来。说实话，她有点儿生自己的气：为什么每次想出的好主意都与轻松愉快无关呢?

然而，驳船确实把他们送到了鸠罗河上的奥登码头，甚至比乘坐奇迹枢纽还要快。虽然他们不得不瞅准时机跳进水里游向码头，但清凉的鸠罗河水至少冲掉了衣服上的一大半垃圾臭味儿……哪怕他们眼下又湿又冷。

他们在白银区奢华的银质大门上发现了纸条。“绿、绿色……隧道，”弗朗西斯冻得嘴唇发紫，哆哆嗦嗦地念道，“女王王王……专项。君、君临……”

“哦，好……好了，我……我来念吧……”茉莉安的牙齿直打架。她的手指头冻僵了，但她还是笨拙地拿过了纸条。“绿色隧道，女王专项，君临独尊，骨之坟……坟墓。”

“葱茏大……大道，”马希尔立刻说道，“女王行宫的葱茏大道。行宫里有一条路，两旁种满了茂盛的大树。”

“女王行宫。”茉莉安重复道。她跺着脚、搓着手，想让自己暖和起来。“那儿以前是赛巴特瑞妮女王的狩猎场对吗？六、七代君主之前。我在《永泊镇原始部落百科全书》里读到过她。”

“骨之坟墓！”马希尔说，“没错，你说得对！人们都说，在赛巴特瑞妮女王在世时，任何人都不准进入那里。这就对应了‘君临独尊’。没错！”

“可女王行宫在高墙区啊，”弗朗西斯的脸色暗淡下来，“要往北走两个大行政区呢。咱们的时间肯定不够。”

“我知道一条路，”茉莉安急切地说，“施皮茨诺格大街。穿过去就能到行宫了——只有两个小区那么远。这条街在即时地图上被标注为欺罔路段。我能肯定。”

马希尔似乎很惊讶：“你怎么知道？”

“我把那些奇地异境背下来了。”

马希尔睁大了眼睛，茉莉安只是耸了耸肩。“唔，也没有全部背下来。还没背完。不过大多数的诡计巷道和欺罔路段……你们还记得米尔德梅是怎么说的吗？从这一端进入，出去的时候却到了别的地方，有时候距离本应到达的目的地有数英里远。施皮茨诺格大街的终点距离咱们的第三条线索那么近，绝不可能是巧合。我敢打赌，他们就是想让我们走这条大街，这么走绝对可以到达女王行宫……至少离那儿不远。”

“但是米尔德梅也说过，不准我们随意进入诡计巷道，”弗朗西斯不同意，“我们甚至连如何通过欺罔路段都没学过呢。他们不会在考试里加入危险的东西吧。”

茉莉安抱怨道：“苍天大地啊，弗朗西斯，你到现在还没理解奇团是怎么回事吗？他们并不在乎危险不危险，也不在乎咱们学过没学过。他们就没有那些条条框框，也不希望我们拘泥于条条框框。”

“条条框框……你这是什么意思？”马希尔问。

“有的时候，你需要知道的只是，哪些规则该遵守，哪些规则能打破，”茉莉安想起朱庇特曾经告诉她的话，“以及什么时候该按计划来，什么时候又该即兴发挥。”

“可是咱们没有计划啊。”弗朗西斯没什么底气。

“没错啊，”茉莉安说，“所以该即兴发挥了。”

施皮茨诺格大街又长、又窄、又黑，一眼望不到尽头。茉莉安站在街口，弗朗西斯和马希尔跟在她的两侧。她发觉双手在发抖，也开始后悔自己的灵光一闪——只有一点点后悔。

“好，”她说，“那，咱就……”

“你先走。”弗朗西斯吓得声音都有点儿尖细了。

“好，”茉莉安说，“当然我先走。”

她试探着，往黑暗里跨了一步，接着又跨了一步。她摇摇头，决定要么做要么不做，不能犹犹豫豫的。茉莉安长长地、深深地吸了一口气，甩开步子跑了起来。脚步声咔嗒咔嗒，不停地在漆黑的街巷里响起，直到她终于看见亮光——尽管微弱，但仍然闪烁着——就在前头。快到了，她想着，加快了速度，却最终发现……

施皮茨诺格大街的另一端，不在白银区。

也不是高墙区的女王行宫。

什么地方也不是。

她及时地刹住脚，才没有一头撞上尽头的砖墙。砖墙就在她面前，不停地升高——十二英尺，十四英尺，二十英尺……结结实实地挡住了去路。

她瞪着砖墙，叹了口气，不情不愿地转过身，想跑回去告诉马希尔和弗朗西斯自己弄错了。就在这时，她的身后响起了低沉而幽长的嘎吱一声。她听见了咔嗒咔嗒的声音，还有什么东西在鹅卵石上拖动着的嗒嗒声。这声音，很熟悉。

茉莉安的喉咙一阵发烫。她的鼻子仿佛闻见了肮脏的河床和腐朽的烂肉的臭味儿。一股令人窒息的寒意袭上心头。她缓缓地转过身，眼前的一幕，正是她永远也不想再见到的——

骸骨军团。盗骨者。

这一次，它们的数量更多了。它们聚集了一大群——至少有二十四五个，甚至更多——全都挤在她身后的街口。它们肩膀抵着肩膀，四个一排，紧卡着两侧的墙壁。吱——嘎，咔嗒咔嗒，咔嗒咔嗒。咔咔咔咔。吱——嘎，咔嗒咔嗒，咔嗒咔嗒。咔咔咔咔。

和她记忆中的一样，也和米尔德梅描述的一样。这些骨头顺水漂流，经由数个世纪流水的冲刷，最终留在了鸠罗河的河床上。当然，世事更迭，总有缺憾：其中一个用生了锈的旧伞架代替了胳膊，另一个则以锈迹斑斑、沾满水藻的购物车充当了大腿。这一幕简直有些滑稽可笑，可茉莉安完全笑不出来。

带着咸味的寒气让她胸口生疼，呼吸也越来越急促，越来越粗重。她紧紧地闭上眼睛，为自己的脆弱感到无奈又愤怒。她是奇迹锻工啊，不是吗？为什么她做不出奇迹锻工该做的事呢？她明明目睹过以斯拉·斯考尔的行径，为什么不能照做？怎么就没有人来教教她该怎么做呢？

这是个奇怪的念头，是她绝不愿大声说出来的念头。可就在这瞬间，茉莉安第一次希望自己是个货真价实的奇迹锻工。

似乎是感知到了这个念头，那些盗骨者的后面传来了一声响亮的嘶鸣。震耳欲聋的马蹄声沿着街巷向茉莉安涌来，幽暗的烟与影凝聚而成的猎手策马疾驰，径直踏过那些盗骨者，仿佛它们根本不存在一般。

茉莉安的一口气哽在喉头。她立刻明白了——那是烟与影的追猎者。她颤抖着想起了以斯拉·斯考尔跟她说过的最后一句话："只要你提出请求，我们可以马上开始第二课。"

追猎者在茉莉安面前停下了，它们似乎变得更大，烟与影翻腾扩散开来，仿佛要……仿佛要保护她，仿佛要在她和那些骨架怪物之间搭起一道屏障。

黝黑的烟影骏马抬起前腿挺立着，鼻孔喷出腾腾热气，凶狠的红色眼睛闪闪发光。当它的前蹄轰然踏向鹅卵石地面时，它背上那个巨大的烟与影的追猎者俯下身子，向茉莉安伸出了手。

茉莉安的肺一阵灼烧，她发觉自己无法呼吸了，连忙大口大口地把冰凉的空气吸进肺里。她颈后的脉搏砰砰地跳动着。

追猎者等待着，一动不动，伸着手。

这不是胁迫。不是命令。

是……邀请。

茉莉安往后退了几步，撞上了石墙。她摇着头说："我……我不会跟你去任何地方的。"

追猎者没有讲话。它的眼睛，一如马的眼睛，像炽热的、流淌的余烬。像熔岩。马不耐烦地跺了跺蹄子。

"我不会跟你走的！"茉莉安喊道。

追猎者还是什么也不说（茉莉安不知道它到底有没有嘴巴），却微微侧身，露出身后那群咔咔作响的盗骨者，然后又转向茉莉安，黑烟聚成的脑袋歪了歪，像在嘲笑。

你抓住重点了，茉莉安悲哀地想。

没有选择了。她的心脏狂跳着，向着那烟雾凝成的手靠近。碰触的瞬间，她感到了奇异的触感——就像抓住了凝固的空气。追猎者毫不费力把她拎上了马鞍，胯下的骏马立刻扬蹄便走，驱散那群盗骨者，疾驰而去。

5
失窃的时光

这次不一样了。之前，烟与影的追猎者也曾掳走茉莉安——那是在她刚刚参加完奇迹社团选拔赛的时候。当时的感觉，就像在黑暗的烟雾海洋中随波逐流，或是被幽然的阴翳飓风卷起抛下，或是在令人眩晕、没有尽头的隧道里跌跌撞撞……后来，追猎者就把她扔在了虚空线路的站台上，扔在了那个奇迹锻工的脚边，仿佛猎狗给它的主人带回一只死老鼠。

但这一次，茉莉安骑在马鞍上，身后是那个高大的、双眼冒火的追猎者，她却觉得自己像一支箭，蓄势待发的箭。烟影凝聚而成的骏马驮着他们，以不可思议的速度风驰电掣，似乎是在虚空之中疾飞。城镇里的星点灯光流泻而过，风在耳边呼啸怒吼，茉莉安简直快被震聋了。

这时，一切都停止了。

寂静之中，只有茉莉安自己急促的呼吸声。她眨眨眼睛，想看清眼前的情况。追猎者消失了，只剩她一个人站在洞穴般的大厅里。墙壁上的灯笼闪烁着，一簇簇灯光洒在大理石地板上，折射出一片晶莹。

茉莉安向大厅深处走去。她的心脏怦怦直跳，双脚每踏出一步都会响起回声。两侧全是雪球。不是能拿在手里玩儿的那种小雪球，而是若隐若现、半透明的真人大小的雪球。每个雪球里面都包裹着标本——男人、女人、小孩儿、奇迹动物、奇状动物，在精致迷人的微型场景中摆出各式各样的姿势。他们被罩在玻璃罩子里，四周的雪花打着旋儿，像雾一般，飘飘洒洒，不停驻，也不落下。

一个女人在海里游泳。

一条猎犬在壁炉旁蜷缩着。

两个年轻人在煤气路灯下拥抱。

茉莉安把鼻子贴在玻璃上，凝视着那海中的女人。她很漂亮，完美的鹅蛋脸从深蓝色的海水中伸出来，眼睛望向天空。这一幕实在太逼真了，茉莉安觉得自己可以跳进水中，和她一起游泳。茉莉安用两手撑着弧形的玻璃，感到了一种奇异的孤独——就在她的胸膛里。

“展品是不能摸的。”身后传来轻柔的声音。

茉莉安转身一看，猛地吸了口气。

这张熟悉的脸孔倏尔逼近，距离她只有几英寸。脸色苍白，相貌平平，但一侧眉毛上有一道小小的伤疤。

以斯拉·斯考尔。奇迹锻工。

（另一个奇迹锻工，茉莉安在脑海里纠正自己。）

她踉跄着往后退，却撞到了玻璃雪球。她左看看，右看看，寻找着逃跑的路线。她浑身上下的每一寸肌肉都绷紧了，都做好了拔脚开跑的准备，可大脑的反应却赶不及身体。她觉得自己又迟钝又愚蠢，占据了脑海的就只有眼前的这张脸——这个尚在人世的最邪恶的人。

可是……斯考尔真的在这里吗？他已经被永泊镇驱逐出境这么多年，难道找到返回这里的方法了？还是说，这仍然是他一年之前耍的那套把戏？灵魂经由虚空线路溜回来，化名“琼斯先生”，假扮成自己的助手？

只有一种办法可以得到答案。太不幸了。

就像是要安抚一条暴怒的狗，茉莉安极不情愿、犹犹豫豫、颤颤巍巍地伸出了一只手。她一边给自己鼓劲儿，一边做好准备：一旦碰到有温度的、实实在在的身体，就撒丫子逃跑……但她的手直接从斯考尔的肩膀上穿了过去，仿佛他是空气做的。

是虚空线路，她想着，闭上眼睛，松了口气。斯考尔的身体仍然留在外面，被茉莉安所在的城镇远远地隔离在外，伤害不到她，也伤害不了永泊镇的其他人。她意识到自己一直憋着气，脑海深处似乎响起了米尔德梅的声音——第一步：保持冷静。吸气。呼气。

斯考尔苦笑道：“你好啊，又见面了。”

“这是什么地方？”茉莉安质问道。她惊讶地发现自己的声音竟然没有打战——尽管双手在哆嗦——不由得心里一松。

“我希望追猎者没有太粗鲁。”他用一种愉悦的、闲谈似的语气说道，仿佛他们只是谈论天气的陌生人。

“这是什么地方？”她又说了一遍。这一次，她的声音里有些轻微的颤抖。她绷紧了下巴。

斯考尔张开双臂，指了指大厅：“失窃时光博物馆。听说过吗？”

“没有。”

“没有。你当然没听说过。这是奇观。”他顿了顿，满不在乎地耸耸肩膀，“我听说你接受的教育很不怎么样，所以就来做做好事，带你开开眼界。”

茉莉安什么也没说。她强迫自己不流露出任何表情，可是，他怎么会知道她在奇团的学习情况？难道他曾经从虚空线路溜回来，暗中监视她？还是说，有间谍替他这么做？

“就我个人而言，”斯考尔随意地把手伸进玻璃雪球，探进海水中，“我一直认为在这件事上，奇迹能应用行为分类委员会弄错了。奇观可以激发敬畏与愉悦，是一种能让大脑陷入混乱的东西。失窃时光博物馆则更甚。它应该被分类为‘奇象’，或者至少是‘奇点’。”

奇观，奇象，奇点……茉莉安根本听不懂他在说什么。她张张嘴想提问，却又赶快闭上了。她不能被牵着鼻子走。不能跟这个作恶多端的恶魔多说什么。她四下打量着周围，寻找着最佳逃离路线。她能逃得掉吗？他会不会再次召来追猎者？

斯考尔沉默了一会儿，仿佛陷入了沉思。“她真是个天才。”他喃喃自语。

他这种引人好奇又充满希冀的语气让茉莉安放弃了刚才的决定。她一边暗自咒骂自己，一边提出了那个明摆着的问题：“谁？”

“玛蒂尔德·拉辰斯。创造出这一切的那位奇迹锻工。你不觉得这就是大师杰作吗？肯定至少用了五种奇迹能诡术。‘夜曲’肯定是有的，还有‘罗织’‘控时’，可能还要加上‘遮蔽’，甚至……”他突然停下，目光重新聚焦于茉莉安的脸上。她静静聆听时的神情一定流露出了某种向往。她心里咯噔一下，想起了穆加特罗伊德在长老院说的话——必须有人教一教这小怪物诡术——当时她就觉得似乎在哪儿听过这个词，现在她终于记起来了。是斯考尔说的，一年前，在克罗庄园。他称之为“奇迹锻工诡术”，并且要把它教给茉莉安。但茉莉安拒绝了。

斯考尔笑了。“啊，我可不能透露太多。他们会不乐意的，不是吗？你的奇迹社团。”最后四个字，他是带着明显的轻蔑说出来的。茉莉安一边尽量掩饰自己的失望，一边牢牢记住了他吐出来的那四个词——夜曲，罗织，控时，遮蔽。夜曲，罗织，控时，遮蔽……是什么意思呢？

“你在奇团过得怎么样啊？”他说得很随意，双手背在身后，前前后后地踱着步子，“是你梦想中的样子吗？听说你那些同学正在学习他们闻所未闻的知识和技能。他们不知不觉地就能成为各自领域的专家，名扬四海。最伟大的驭龙者。永泊镇最棒的语言学家。拥有无与伦比的天赋的催眠师。”他转向茉莉安，夸张地噘着嘴，做出一副悲悯的模样，“而你呢，你这个小孩儿，却不准使用自己的能量，不准提升自己的天赋，被那些最怕你的人挟制着。”

茉莉安摇摇头：“不对。他们并不……不怕我，只是……他们只是……为我着想……”

茉莉安的声音低了下去，因为她看见奇迹锻工的眼睛蓦地亮了，眼神中混合着兴奋和愤怒。“为你着想？你指什么？你的安全？你的利益？为了保护你？哦，亲爱的，看来你撒谎的本事见长啊，至少是自己跟自己撒谎的本事。”

茉莉安没有回答。他说得对，她确实没法儿回避否认。长老们的确怕她。

斯考尔仔细地观察着她。他知道自己触到了她的痛处。“还有，你那位驼背教授都教了些什么？跟我说说，你从那些邪恶狡猾的奇迹锻工身上、从那些老掉牙的故事里都学到了什么？”

“我什么也不会告诉你，教授也不是驼背，他是奇龟。”茉莉安生气地说。同时她也再次责备自己，又被他卷入了对话之中。她紧紧地握起拳头。保持冷静。“你为什么带我来这儿？”

“为了做些奇迹锻工该做的事儿。”斯考尔撇着嘴角，微微一笑，在一个玻璃雪球前面停了下来。雪球里有四个开心的年轻人在开车：汽车倾斜着，他们歪着身子，探出车外；风吹着他们的头发，向后飘动。“为了满足你最诚恳的愿望。为了给你最想要的东西。”

“是什么？”茉莉安咬着牙齿问道。

“学习，”他又踱起步子来，“这就是你刚才的期望，对吗？在那条黑暗的死胡同尽头，不是吗？所以，欢迎来到你的第二堂课。你愿意学习召唤奇迹能的方法吗？”

茉莉安想说“不”，想一口唾沫吐到他那虚无、苍白的脸上，想离开博物馆径直回到奇团去。团队的其他成员肯定已经回去了，只要少一个，所有人就都无法通过考试了。这会成为他们讨厌她的又一个理由。茉莉安想象着弗朗西斯和马希尔的情况：如果他们一直等着她，如果他们也走进了那条街……不，她想，他们可能不会跟上来。

但是，至少还有霍桑，他会担心她的。可能连卡当斯也会担心。她得赶回去，让他们知道自己没事。

然而，留在这里的意愿占了上风。高级长老院达成的共识，就是隐藏、约束茉莉安的才能。昂斯托得教授连一点点有用的内容也不愿意教给他。甚至朱庇特——虽然他信誓旦旦地告诉她，奇迹锻工并非都是邪恶可怖的——也毫无作为。

而此刻，以斯拉·斯考尔，永泊镇的头号公敌，愿意把诀窍教给茉莉安。

你愿意学习召唤奇迹能的方法吗？

她内心深处的某些东西被触动了。

“愿意，还是不愿意，克罗小姐？”斯考尔步步紧逼。他那得意扬扬的表情说明，他其实已经知道茉莉安的答案了，只是想听她亲口说出来。

她叹了口气，然后低下声音，不情不愿地说：“愿意。”

“奇迹能诡术的第一项，或许也是最重要的一项。”他两手一拍，走到大厅正中央站定，仿佛这是一座舞台。他提高音调，让自己的声音充满空旷的博物馆。“奇迹能诡术之夜曲。歌唱。”

歌唱？这听起来也太搞笑了。钱达夫人那样的人才会歌唱。天使伊斯拉斐尔才会歌唱。反正这不该是“奇迹锻工诡术”中的一项。

斯考尔抬起手，示意她安静。“小乌鸦，小乌鸦，”他轻轻地唱起来，“黑黑的眼睛像纽扣。”

茉莉安的脖颈一阵发凉。她听他唱过这首歌。那是去年冬天，在虚空线路的站台上。当时，他即将把她带上疾驰而过的虚空列车，把她带回豺镇。他们回到克罗庄园，斯考尔威胁着要烧死她的家人。茉莉安倒吸一口冷气，双脚使劲儿地踩着地面，极力忍住突然冒出来的逃跑的冲动。

“猛冲下，向草地，草里藏满了小兔子。”斯考尔的手指在半空中微微晃动，他闭上眼睛，“小兔子，小兔子……”他的声音落了下去，然后睁开眼睛，饶有兴味地看着自己的手。“这就像训练小狗，你懂吧。只不过，不是真的小狗，而是猛兽。这猛兽有自己的思想。你能看见它吗？”

“奇迹能是看不见的。”茉莉安警惕地说。

“是的，休眠的时候的确是看不见的。”他承认道，“但老话说得好，‘苏醒的奇迹能，将向召唤者和锻工现形’。意思是说，当奇迹能回应奇迹锻工的召唤时，就能生出某种……对召唤者的认同。”

“认同……它会自己现形？”

“一点儿不错。”斯考尔点点头，仔细地观察着两只手的动作，“而且，尽管奇迹能拥有绝顶智慧，却不会歧视任何人。一旦它接受召唤，所有老练的奇迹锻工便都能看见。‘召唤者和锻工’，是这么说的，对吧？但你必须得全神贯注，必须得知道要看什么。”

茉莉安倒吸了一口气。她真的能看见它——一条细细的、亮亮的、浅金色的线，在斯考尔的手中缠绕着，在它的手指间游弋着，仿佛一条鳗鱼。她像被施了催眠术似的，呆呆地看着他抬起手，像吹散蒲公英的茸毛那样，吹散了那缕细丝。细丝在半空中四散飘离，消失了。

其实，她早已知道奇迹能的模样了。去年，她毫发无伤地从克罗庄园回来时，朱庇特就给她看过。他跟她头碰头，抵着前额，那一瞬间，她看见了世界——以及自己——正如她那位资助人所见。聚集在她四周的奇迹能令人目眩。此刻这些细小的金线虽然和那时的不同，但同样使人惊叹，同样美丽至极。

“轮到你了。”斯考尔退到一旁，指了指大厅正中央，让出了舞台，“唱吧。”

茉莉安摇摇头，惊恐地说：“我不会唱歌。”

“奇迹能并不介意。就算难听也不会把它怎么样。”斯考尔哼了一声，“你绝对不会比欧文·宾克斯唱得更糟。他每次召唤奇迹能都会把别人吓跑，因为难听得简直像要杀人。来吧，唱吧。快点儿。”

茉莉安犹豫了一下，然后颤抖着开口了：“小乌鸦——”

“不对！”他举起双手冲上前来，让她停下。茉莉安连连后退。他立刻止住了步子。“不对，不能唱那首。每个奇迹锻工都必须拥有属于他们自己的、独一无二的召唤方式。另选一首吧。”

“我不知道别的歌了。”茉莉安抵触地说。

“胡扯，”斯考尔不耐烦地说，“人人都得知道一两首歌。难道你那些一无是处的家人就没给你唱过摇篮曲吗？快回忆回忆你那红着脸哇哇哭的婴儿时代。”

爸爸和奶奶怎么可能做过“给她唱摇篮曲”这种蠢事呢？茉莉安一想到这些就忍不住要翻白眼。但这时，她突然想起了一件生动有趣的小事。

那时她还很年幼，可能只有六七岁。当时的家庭教师是达菲太太，爸爸总是请来一个又一个倒霉的男人、女人，到克罗庄园来，教茉莉安阅读、写作和算术……或者，更实在地说，是为了让她远离自己的视线，好继续假装这个女儿不存在。茉莉安的大多数家庭教师都不愿意跟她有直接的接触，上课时也从不与她对视，有些为了保护自己不被“诅咒”，还采取了进一步措施，比如林福德小姐就坚持要把茉莉安隔离于一扇门之外，以保证安全。

但达菲太太和他们不一样。她不但没有躲着茉莉安，反而像履行职责似的，不断提醒她，让她别忘了自己给社区、家庭带来了什么：你是个多可怕的负担啊，你给周围的人，无名之域的所有人，带来了多大的危险啊，从你出生开始这些麻烦就没停止过啊。

达菲太太教过茉莉安一首歌。每当茉莉安考试不及格、行为“出格”，或是说话“不得体”时，她就会让她唱这首歌。一遍又一遍，直到她喊停才行。

这首歌对年幼的茉莉安来说是很可怕的，但她能记住所有歌词的歌，就只有这一首了。那些歌词已经深深地烙在她的脑海中了。

她低低地、犹犹豫豫地唱了起来。

“破晓期之子，快乐又温婉。”声音哑了。她连忙清清喉咙：“阑夜期之子，邪恶又野蛮。”

斯考尔歪着头，眉毛紧紧地锁着。

“破晓期之子，伴随黎明而来。”茉莉安继续唱。她唱得不好，但声音投向空旷的空间，每个音符都仿佛被放大了。“阑夜期之子，掀起暴雨狂风。”

斯考尔走近了一步，似乎想起了什么。

“你要去哪里，晨曦的男孩儿？”他轻轻唱起来，声音里有一种令人不安的温柔、恬淡，比茉莉安的声音甜美得多。不应该是这种声音啊，茉莉安想道，他的声音应该是难听的、嘶哑的，就像他的心。

她粗粗地喘着气。

“与太阳同升，和风轻暖。”茉莉安顿了顿，想停下来。但就在这时……她的指尖突然有了一种静电释放的感觉，还有轻微的嗡嗡声，就像强风压下遇阻时发出的声音。她抬起头，看着斯考尔。

他鼓励似的点点头，眼神一闪，继续唱道：“你要去哪里，夜晚的女孩儿？”

茉莉安前前后后地摇晃着双手，试着检查手上的感觉。仿佛有一束月光在她的手指间跃动。“与夜幕同坠，幽冥啃噬。”

奇迹能在等她。朱庇特曾经这样说过。

等我做什么？

我想我们会看到的。

原来它一直在等待的，就是这个。茉莉安原以为召唤奇迹能很难，可这就像……像是奇迹能甘愿被她召唤。它汇集得很快，上百万个细小的光点，组成上百条细细的金线，环绕着她的头和身体，飘然游弋，轻轻飞掠。它很敏捷，很……好奇。它是有生命的。

“把注意力放在你的手上。”斯考尔说。

奇迹能像是急于讨好一般。斯考尔的话音刚落，茉莉安的念头一闪，那些浮动的金线就都迎向了她张开的双手，在她向上托着的手掌上凝聚，犹如液态的阳光。

奇迹能摸起来就是这样的感觉：像被太阳照着似的，暖融融的，像捧住了纯粹的能量。像成为纯粹的能量。茉莉安的双手颤抖起来。她甚至看不见自己的手了，只能看见包裹着它们的奇迹能——奇异的、无形的、手套一般的两团光晕。这种感觉很奇特，很有力量，但不知为何，同时又有些左右为难，像是画地为牢。

现在，她召来了奇迹能，却不知道该拿它怎么办。

“怎样让它停下？”

斯考尔半是不解半是怜悯地看了她一眼：“为什么要让它停下呢？”

茉莉安一下子慌了。就在片刻之前，感觉还是那么的好：双手捧着奇迹能，仿佛她生来就会这么做。然而，异样的预感悄悄袭上心头——她再也无法捧住奇迹能了。事实正相反，是奇迹能包裹住了她。

“让它离开，”她的声调高了起来，“让它停下。”

但斯考尔无动于衷，只是站在那儿看着她。而茉莉安透过奇迹能聚集而成的金色雾气看着他，恐惧愈发深重。她被他耍了。他想杀死她。他想用奇迹能毁了她。

“别光站着！”她大声说，“快让它停下！”

可是斯考尔还是没有反应。

茱莉安本能似的甩动着双手，就像要甩掉泥巴一样。“不，”她叫道，“不！”她也不知道这句话是冲着谁喊的——她自己，斯考尔，还是奇迹能。

但听从她的，是奇迹能。她觉得它散开了——不，是撤开了，像听从命令执行任务一样，齐刷刷地撤退了。而就在这瞬间，灾难性的一幕发生了：距离茱莉安最近的一个玻璃雪球被震碎了，里面白皑皑的雪像洪水一般倾泻而出。布景和标本从原本宁静的玻璃雪球里剥落，散落在大理石地板上，湿漉漉的四肢和头发混成乱糟糟的一团。

茱莉安直勾勾地瞪着眼前的一切，呼吸粗重起来，她的大脑努力地思索着，想拼凑出一个结论。

四肢，头发，湿漉漉。是那个游泳的女人。她的身体不再漂浮于水面，眼睛也不再凝望着天空……那件蓝色的泳衣湿答答的，她蜷缩着，努力地……呼吸着。但是，只有出的气，没有进的气。她长长地吐气，带着咕噜咕噜的水音，仿佛肺里灌进了半个大海。然后就……

她根本不是什么标本。

茱莉安冲到那女人身边，摇晃着她，把她的身体翻转过来，拍打着她的背。“吸气啊！”她叫道。她知道自己必须得做点儿什么。如果朱庇特在这儿就好了，他肯定知道该怎么办。可她呢，除了害怕，什么也不会。她的思绪一下子往前冲，一下子又往后退，全乱了。“吸气啊！”

“来不及了。”斯考尔的声音几乎听不见。茉莉安自己的心跳声盖过了一切。她的眼睛里涌出了泪水，模糊了视线。她不明白。那个女人瘫在她的臂弯里，僵硬，沉重，而她……完全不明白。“年复一年，再也来不及了。”

“这到底是什么地方？”茉莉安惊恐地盯着墙边的那些玻璃雪球。那里面装的不是标本，她现在才知道，是人。真正的、活生生的人。

“这是一处奇观。”斯考尔像是复述着记忆中的句子，“失窃时光博物馆，由奇迹锻工玛蒂尔德·拉辰斯打造，尊贵的 E.M. 桑德斯赞助。这是一件赠予永泊镇人民的礼物。完工于贼人纪，第一年冬。”

“送给永泊镇人民的礼物？”茉莉安喃喃说道。她低下头，凝视着那个溺水女人空洞、毫无生气的眼睛。

“是的，他们认为这是件礼物。”斯考尔冷冷地说，“我想正是因此，他们才将它归类为‘奇观’，而非‘奇象’。永泊镇的那些好心人，还以为这是件展示用的艺术品——玛蒂尔德·拉辰斯运用其艺术天分创作的栩栩如生的艺术品。但亲爱的玛蒂尔德·拉辰斯啊，她的天赋并非制造仿冒品，而是……捕捉真实的现实。然后保存它。”他慢慢地、从容地跨过湿漉漉的地板，居高临下地站在茉莉安面前，凝视着那女人的脸。他自己怪诞的脸上也挂着同样的神情——空洞、冷漠。“玛蒂尔德并不残忍。硬是要评价的话，她算得上仁慈了。她只在人们濒临死亡边缘时才会将他们作为自己的创作对象。我不知道吸引她的是不是死亡本身，抑或是‘不朽’之类的念头。不管怎么说，这些灵魂是幸运的，他们永远都不会死。”他抬起头，环顾四周，耸了耸肩。“否则，他们就永永远远都是死的了。每分每秒，每一刻，都是死的。这取决于你看待它的方式。”

茉莉安紧紧咬着牙齿，想让自己别再发抖。他们全都弄错了——斯考尔，以及奇迹能应用行为分类委员会。她并不清楚“奇观”到底是什么。但这一切肯定不是。这明明就是“恶魔”。

她轻轻把那女人放下，虽然双腿发抖，却还是努力站起来了。

“做好准备，想再试试？”斯考尔满怀期待地看着她。

她望向那些玻璃雪球，一个接着一个，终于发现了之前忽略的细节。汽车里的那些年轻人，并非斜着向外探身，而是被看不见的撞击甩出来了；凝固在他们脸上的表情不是兜风的欢快，而是大睁着眼睛的惊恐。站在煤气路灯下那两个抱在一起的人，身体之间有一抹银光。直到这一刻，茉莉安才看见一个人的外套底下，沁出了细细的血流。

就连那条蜷缩在壁炉边的猎犬也快要寿终正寝：眼睛浑浊，皮毛粗糙，仔细看看就知道，它已经上了年纪。茉莉安很想知道，在被困进这玻璃监牢之前，它还剩几口气。

想象中的画面破碎了。茉莉安突然感到了强烈的恶心和恐惧——她本该一直有这种感觉才对。

她在这儿干什么？孤身一人，和残忍的恶魔在一起，又一次。站在这恐怖的博物馆里，四周全是活生生的展品——永永远远停留在濒死一刻的人。就像腌在坛子里的咸菜。

这根本不是博物馆。是墓地。

茉莉安踉踉跄跄地从斯考尔身边走过，厌恶像胆汁一样涌上了喉头。她觉得恶心极了。必须赶紧离开这儿。她必须回到奇团，回到安全和正常的地方去。

“你以为你能去哪儿？”斯考尔悠然说道。她没理会他，集中精神，一步接着一步地往前走。离开这儿。从这儿出去。“原来如此啊，你打算就这么放弃了，是吗？”

离开这儿。离开这儿。离开这儿。不要听，不要回答，只要赶快离开这儿。

“你到底有什么好怕的？你怕有朝一日会变得像他们想的那样强大？你怕自己拥有成为伟人的潜力，是吗，小乌鸦？你真的是这种懦夫？”

“我不是懦夫！”茉莉安喊道。她猛地转过身，正对着他，“我和你不一样。和玛蒂尔德·拉辰斯也不一样。我不是恶魔！”

“你明明两者都是。”他还是用那一如既往的轻柔、自控的声音说道，但在他心里，似乎有什么东西正在酝酿。“你是我所认识的最懦弱、最邪恶、最粗野、最坏的小孩儿。这是我的荣幸，也是我的不幸。而我确确实实地了解你，克罗小姐，错不了的。”他走向她，黑色的眼睛在灯光下闪闪发亮，“我知道你有报复心、任性，而且还有点儿聪明过头了。我知道你无法像其他孩子一样受制于同一套规矩，因为你不是‘其他孩子’。你是个奇迹锻工，克罗小姐。我们是与众不同的。我们比其他所有人加在一起都更好，也更坏。难道你现在还没弄明白自己在奇团的地位？难道你还没明白，只要你愿意试一试，就能让他们对你俯首称臣？”

茉莉安摇摇头。她不想听。她不想听什么“与众不同”。她长这么大，一直都在听这句话，也很清楚那到底意味着什么。“与众不同”是危险的。“与众不同”是一种负担。“别说了，你根本不了解我。”

“你就不能积极些吗？”斯考尔咆哮道。他似乎绝望了，而且怒不可遏。“你所拥有的这份天赋，人们为之疯狂，甚至愿意为之送命，可你却在浪费它！”他的声音冲向天花板，激起一波接一波愤怒的回声。

茉莉安不禁有些瑟缩。她鼓起全部勇气，厉声反驳道：“如果真的有人为之送命，那也是因为你杀了他们。”

“或许我也该杀了你，你这让人失望的小鬼。”他咆哮着，脸孔一晃成了魔鬼附身的肮脏面具：那传说中的黑眼睛、黑嘴巴的奇迹锻工，在难以自控的愤怒中现形了。

接着，面具消失，温文尔雅、完美自制的绅士面孔又回来了。

就在转瞬之间。

茉莉安从头凉到脚，像是喝了好几升冰水。

她胆战魂惊，头也不回地冲出了失窃时光博物馆，穿过层叠的门，跑下台阶，闯入了这反复无常、不可捉摸的城镇的冰冷怀抱。

6

夜曲

一个星期之后，茉莉安已经像不存在一样了。对弗朗西斯、马希尔和团队其他成员来说，她就是个透明人。他们不再跟她讲话，不再看她，也不再把她当作919团的一员。

唔……也不是所有人都如此，当然。霍桑仍然是茉莉安最忠实的朋友，而卡当斯似乎更喜欢她了——挺奇怪的，她明明毁掉了整个团队的考试。

茉莉安莫名其妙地绕远路、兜圈子，导致所有人都没能通过考试，霍桑其实和大家一样失望。奇团的考试不打分数，只有严格的“及格”和“不及格”。“及格”意味着你达到了课程的预期，“不及格”则意味着学员要与资助人、老师和列车长进行“非常严肃的会晤”（茉莉安的“非常严肃的会晤”无限期推迟了，因为朱庇特又不在）。这简直是一种耻辱，因为奇团里的其他团队都会知道他们没通过考试，都会笑话他们。而最最糟糕的是，他们还得恭听迪尔伯恩女士的超超超超超长训话，听她震惊无比地批评他们学习不用心，以及施加种种压力，比如“最好在她亲自动手之前赶紧打起精神加油干”。

所以，霍桑和其他团队成员一样，完全有理由生茉莉安的气。但茉莉安把斯考尔和盗骨者的事告诉他之后，他的沮丧就变成了恐惧。

“那……是斯考尔把你从盗骨者那儿救出来的？”

茉莉安一听就做了个鬼脸：“想必是吧。嗯。”

“奇迹锻工把你……从盗骨者手中救出来了。”

“对。”

“这也太……诡异了。”

面对919团其他成员的一致排挤，霍桑对好朋友的忠心耿耿远超以往。如果有人在传递北极熊饼干罐时绕过了茉莉安，或是当着她的面，轻蔑、消极、咄咄逼人地说什么“不配加入社团”，他就会把纸片卷起来扔到人家脸上。

那天，茉莉安逃出失窃时光博物馆时，天都快亮了。她一辨认出自己所处的地点（诡奇花园后面，老镇区的最南端）就知道，想在日出前赶回奇团是完全不可能的了。

可尽管如此，她还是努力地试了。她没有放弃。她跑啊跑啊，跑得肺都要炸了，两腿上的肌肉都快爆开了。她一路猛跑，跑到烛芯区的时候，终于不得不承认，再跑下去已经没有意义了。太阳已经挂在天上，街上也已经挤满了上早班的人、卖报纸的人。不及格的重负沉甸甸地压在心头，茉莉安只好认输，跳上高峰线上的一趟车，沮丧地回到了奇团。米尔德梅和919团的其他人都在等她，他们的表情从失望变成了脸色铁青的生气，然后又变成了“恨不得想让她偿命”的愤恨。

因为她，他们全都不及格。唔，当然，其实并不是因为她——是因为斯考尔和盗骨者。但她没法儿这么解释啊：对不起，我来迟了，我被以斯拉·斯考尔抓走了，你们知道，就是那个邪恶的奇迹锻工。

茉莉安决定只告诉他们一部分实话——她被盗骨者围困住了。但她却无法描述摆脱骸骨军团的经过，毕竟身材魁梧的阿尔菲·斯旺和传奇般的帕克西姆·勒克都被它们抓住了。所以，团队成员们得出的普遍结论是：盗骨者的事儿是编出来的，因为茉莉安想逃避责任。

“一人失败则全团失败”很不公平，但是说真的……奇迹社团里本就没有什么是“公平”的。

她道歉了，当然，一连好几天，从早直到晚。可道歉改变不了事实：他们得对付八位无比失望的资助人、一位焦虑忧心的列车长、两位勃然大怒的助教。团队成员们看不起她，她也不能怪人家。

茉莉安本来应该很在意这一切，她知道自己应该如此，可事实上，她只是觉得有点儿……索然无味。她已经厌倦了对友谊和所谓“姐妹兄弟”的渴望与向往。(“姐妹兄弟”这几个字现在只能让她退避三舍。回忆起一年前，她觉得那时的自己简直就是个傻子。她竟然会以为，只要通过选拔赛，就能拥有八个现成的兄弟姐妹——怎么可能有这种好事？）

不，这些通通都不重要了。

茉莉安如今另有要务。

她能召唤奇迹能了。

“破晓期之子，快乐又温婉。阑夜期之子，邪恶又野蛮。”一天早上，她轻声唱了起来。幽鸣森林间弯弯曲曲的小路，是她唯一能确定的完全保密的地方。（当然，这儿有好多树，但她几乎可以忽略它们古怪的呜咽，而它们也对她的言行毫无兴趣。它们只忙着抱怨树干腐烂和松鼠那令人抓狂的自大。）

茉莉安小声地哼着歌，双手在身体两边微微地摇晃。“快来吧。”她暗自催促。可另一半的她同时也在拒绝：“不，不要来。”

后一个声音，理智的声音，在茉莉安的脑海里愈发响亮。一天比一天响亮。

茉莉安花了好几天时间，才再次鼓起勇气，试着召唤奇迹能。一试之下，她才发现，其实并没有那么容易——不像第一次在那座博物馆里时那么容易。

茉莉安不知道这是不是因为她的内疚感——哪怕只是试一试，都觉得内疚。或许奇迹能感知到了她的感受，所以躲开了。

然而，在她被斯考尔掳走，毁了考试，并第一次唱出那些歌词召唤奇迹能的一个星期之后，茉莉安对那一晚所学到的东西的态度……渐渐起了变化。

逃出失窃时光博物馆时，她的情绪很复杂，既有愤怒和害怕，又有猛然惊醒的惶恐——她是永泊镇最排斥、最记恨的组织的一员，而这组织，这邪恶社团里，只有两个人：她和斯考尔。

从某种层面上说，919 团成员的排挤，又推着茉莉安往前迈了一步。事实表明，她的性格中确实有些叛逆的成分。他们言之凿凿，硬说一切都是她的错，她反而不觉得自己有错了，至少在考试不及格这件事上就是这样。如果他们就是想生她的气，那就让他们生气好了。他们排挤她，也好，她可以自己退得远远的。

她现在有了避难的小空间。她有了属于自己的东西——一个秘密。

“破晓期之子，快乐又温婉。”

它来了。指尖的微微刺痛，现在已经是熟悉的感觉了。密密麻麻，使人满足。一触即发的不安，就像轻压着浅浅的伤口。

茉莉安自顾自地笑了。

你好啊。

现在，它每一次都能回应她了。如此简单，如此迅速——她理解了朱庇特去年说的话，奇迹能的确在等她——不断地聚集到她四周，耐心地等待她学会控制它。斯考尔或许是恶魔，是敌人，可即便如此……他确实教会了她无价的本领。没有他，她是不可能学会的。奇迹社团里的所有人都不愿意让她学会，长老们不愿意，助教们不愿意，昂斯托得教授也不愿意。他们想要控制的，不仅是她的能力，还有她这个人。

当然，她很谨慎。她只召唤少量的奇迹能，并且不等它们堆积起来就将其遣散。这诀窍她上个星期就发现了。只要小心处理，她就能在不失控的情况下保留住能量的感觉。茉莉安现在已经懂得，要在歌词的字句间停一停，让它飘散，这样就不必唱第二节了——

“阑夜期之子，邪恶又野蛮。”

很棒。这小小的、秘密的反抗，很棒。几个月来，她一直有种悬而未决、混沌不明的感觉，尽管已经是奇团的一员，却不知为什么，总觉得没有融入其中。现在，茉莉安能体会霍桑骑在龙背上的感觉了：做自己生来该做的事。或者卡当斯也是如此——每次无懈可击的说服诱导，都令她感到强大有力。

然而……有个声音一直在她心里。很深的地方，但一直在。每当她悄悄溜走，去练习新诀窍时；每当她唱起这首歌，并且随之感受到奇迹能的回应时，那个声音就会响起。

这很危险。你不该这么做。这是错的。

但是为什么……为什么这就是错的呢？她生来就是个奇迹锻工，这又不是她自己能决定的。朱庇特去年说过，这是她的天赋。她的召唤。

“只有你能决定它的含义，”他告诉她，“别人谁也不行。”

“你要去哪里，晨曦的男孩儿？”

以前的那些奇迹锻工，出于邪恶的目的，操控着奇迹能。可这并不意味着，茉莉安也会那么做。你不是玛蒂尔德·拉辰斯，她一遍又一遍地告诉自己，你不是以斯拉·斯考尔。

“与太阳同升，和风轻暖。”

茉莉安是奇迹锻工，而这个词的含义，将由她自己决定。别人谁也不行。

“你要去哪里，夜晚的女孩儿？”

光斑凝成的细线在她的指尖跃动。她笑起来。

“与夜幕同坠，幽冥啃噬。”

茉莉安离开幽鸣森林，不紧不慢地往傲立楼走。和她慢吞吞的步子相比，昂斯托得教授都像头猎豹。她实在不愿意结束独自一人的夜曲练习，更不愿意和一群讨厌自己的人一块儿上“解码永泊镇”。

她从来没有旷课过。可在她踏上傲立楼台阶的那一刻，她想做的就只有转身，逃跑。她要沿着火花树相夹的车行道，一路跑出奇团大门，跑回丢卡利翁大饭店。

没有人会问她为什么这么早回家。玛莎会等着她，托盘里都是她最喜欢的茶点。吸烟室的墙壁上会喷出她最喜欢的当季香氛（干净舒适的套头衫：放大秋天的宜人幸福感）。而最重要的是，朱庇特也结束了长达两个星期的公差，回家了。他会耐心地听她讲斯考尔和博物馆的事，听她讲夜曲练习和考试不及格的事。他不会生气，不会担心，不会失望，只会告诉她一切都会好起来的。

然而，这一切都只是她的想象。

真实发生的，是地图室里的课程，是她因为迟到而飞奔。茉莉安叹了口气，挺直腰板，又一次满心渴望地看向通往奇团大门的车行道，看向逃离的……

……她看见了他。

朱庇特·诺斯，正在车行道上奔跑，仿佛是她用魔法唤来的。他金色的头发向后飘着，脸上洋溢着暖心的笑容。他停下来，弯着腰喘气，举起手里的油布雨伞，向她晃了又晃。她一下子就开心了，也朝他挥了挥手。

“小茉！”他隔着老远喊道，“我来救你啦！”

茉莉安看见他的笑容渐渐消失，变成了困惑。他的目光落在她的另一只手上。她完全是无心地——也是熟练地——用指尖缠绕着奇迹能的金线。

7

精妙绝伦的东西

朱庇特什么也没问。他不必问。因为还不等他开口，茉莉安就把整件事一股脑儿地全讲出来了，支离破碎，前言不搭后语。她跟他讲了盗骨者是怎么围攻她的，骑着黑马的追猎者又是怎么掳走她的，讲了失窃时光博物馆，还讲了斯考尔的突然现身，以及她那秘密的新本领，淹死的女人，罩住濒死之人的玻璃雪球……（她甚至还把“解码永泊镇”考试不及格的事儿也插进去讲了——很简短地——不过毫不意外，朱庇特没有对此表现出任何兴趣。）

“斯考尔？”朱庇特哽住了，“你……他……他在这儿？在永泊镇？又来了？你为什么不告诉……”

“你不在！我怎么告诉你！”茉莉安劈头盖脸地说道，指责的意味再也藏不住了。朱庇特愣住了。

“但是，你可以告诉别人啊。”他领着她沿着车行道，往大门口走去，“以斯拉·斯考尔教会你召唤奇迹能，你就整个星期都在练习？这种事情你不能自己保密啊，小茉，这太危险了。”

“哼！”茉莉安不满地左右看看，确保没有人在偷听，才说道，“我还能告诉谁啊？我不能告诉长老们，也不能告诉欢悦小姐，这里的所有人都不行。如果他们知道斯考尔来找我，还跟我说话了，想象一下吧……”

“芬内斯塔！”朱庇特打断她，“你可以告诉小芬啊！或者告诉杰克也行啊！”

茉莉安张了张嘴想反驳，又闭上了。“我……呃，对。好吧，我没想到这些。”

“那，那个博物馆……叫什么来着？在哪儿？”

“失窃时光博物馆，”茉莉安说，“应该在诡奇花园附近。我跑了好久才知道自己在什么地方。话说回来，你不觉得开心吗？我能召唤奇迹能了。”她笑了，不可置信地睁大眼睛说，“我真的能做到了！朱庇特，我还挺擅长的呢！”

“这一点我毫不怀疑。”他的嘴角掠过一丝笑意，好像明知道不该笑似的，他斜着眼睛看她，“我早就告诉过你了，不是吗？奇迹锻工也可以是好人。我知道你会成为一个很好很善良的奇迹锻工。昂斯托得完全弄错了。”

茉莉安的快乐有些动摇。“不，昂斯托得教授没错。”她说。他们出了奇团大门，往伞轨车车站走去。朱庇特心情颇好地跟保安挥了挥手，但保安却对茉莉安怒目相向。上课时间，初级学员是不该离开奇团的。但她身边有朱庇特在，大家就都无话可说了。“你听说过玛蒂尔德·拉辰斯吗？失窃时光博物馆就是……”

“……那只是奇迹能应用术的一种。”他举起自己的伞，摆好姿势，等待伞轨车呼啸而过时纵身一跃。他示意茉莉安也做好准备，接着说：“玛蒂尔德·拉辰斯也只是奇迹锻工之一。”

“那斯考尔呢？”茉莉安也举起了她那把油布雨伞，飞快地用斗篷擦了擦嵌着银丝的伞柄，“昂斯托得书里的那些呢？还有泰尔·马格努松、欧德贝·杰米蒂……”

“啊！”伞轨车来了，朱庇特得胜似的大叫一声，“你提到他了，真不错，这正是我回来的原因啊。现在，准备好——跳！”

在半空中飞速穿梭时，要继续聊下去几乎是不可能的。他们到达平日下车的车站时，茉莉安正要伸手去拉伞柄，好让它从缆索的钩子上脱离，却被朱庇特推开了手。

“等我让你下车再下车。”他大喊着，声音盖过茉莉安耳边呼呼掠过的风声。看样子，他们并不是要直接回家。

他们又乘着伞轨车走了好一阵子，茉莉安的胳膊拽着伞柄都有点儿疼了。就在她觉得肌肉疼得发烫，想要松手的时候，朱庇特推了推她，指着一座公园角落里的松软土地说：“到了！”

伞轨车飞驰掠过那片绿地时，茉莉安跳了下去，落地时有点儿不稳，但至少站住了。朱庇特却踉跄了一下，跪着往前滑了一段。

“完美着陆，”一个声音从他们身后传来，“满分。”

茱莉安转过身，很是惊讶：“你怎么在这儿？”

“哦，你好啊，杰克！”杰克说着，从树荫里走出来，“暑假以来就没见过你了，过得好吗？很好，谢谢你问起这些，茱莉安，你真是太好了。希望你也过得不错。”

“你好啊，杰克，”茱莉安翻了翻眼睛，“过得好吗？”

“哎呀，行了，别装腔作势的了，我都听得尴尬了。”他歪着嘴一笑，两手插在口袋里，脚尖点了点地。这是个非常“朱庇特式”的姿势，茱莉安想道。

“你怎么在这儿？”她又问了一遍。

“是我让他来这儿跟咱们碰面的，”朱庇特说，“这狡猾的小子一直在给我帮忙。我们有东西要给你看。”他掸了掸膝盖上的土，迈开大步往公园里面走。茱莉安和杰克跟了上去。

“什么样的东西？”

“非常重要的东西。”朱庇特回过头大声说道。他总是这样，一旦脑子里有个固执的念头，就会甩开长腿走得飞快，茱莉安得小跑才能追得上他。“几个月前我答应过你的。很奇妙的东西。”

茱莉安又看了看杰克，可他也只是扬起眉毛，得意扬扬。

这座公园……唔，好吧，其实也不能称之为“公园”。树木密密叠叠的，像原始森林似的，草坪也至少一年没修剪过了。不过，她的确看见一截长凳从矮树丛中探了出来。或许，以前是座公园吧，茱莉安想道，但后来没人打理照料，于是大自然决定重新接管这个地方。

朱庇特挤进浓密厚实的树丛中，把藤蔓和枝条拨开，给跟在后面的茉莉安和杰克辟出一条通道。“我和杰克一直在讨论你跟我说的那些事，小茉。关于昂斯托得的那本书，以及书里写到的奇迹锻工逸事。我答应过你要找到证据的，对吧？我们一连找了几个月，终于找到了。证据就在这儿。”他转过身，对她笑笑，“就在杰米蒂公园。”

穿过层叠茂密的树木，他们来到了一堵高高的石墙前面。石墙上爬满了蜿蜒的常春藤。朱庇特向上指了指。茉莉安望过去，只见一根海盗船的桅杆高耸入云，还能隐约看见石墙另一边的摩天轮的顶部，以及巨大的过山车环形轨道。

“哦！等等！不对——这里是杰米蒂公园？别开玩笑啊！”她望着那坚硬厚实、似乎刀枪不入的石墙，心里涌起一阵失望，“所以它……真的锁住了？”

“对。”朱庇特说，“精妙绝伦，对吧？”

茉莉安茫然地看着他：“没有吧。”

“不，它就是精妙绝伦。”杰克兴奋地说。他明明被这座谁也进不去的秘密游乐场阻隔在外，却像是要一连庆祝好几个圣诞节似的。“再跟我们讲一遍吧，那本书里是怎么讲这个地方的，你还记得吗？”

茉莉安叹了口气。她当然记得。昂斯托得教授可是让她就此题目写了三千字的论文呢，之后还制作了立体模型——包括那些被拒之门外、一脸沮丧的小孩儿的模型。茉莉安花了三天时间才做好，而现在，她自己就站在杰米蒂公园的围墙外面，可以真真切切地体会到当时众人的失望。

“当地的一个商人，请欧德贝·杰米蒂建造一座奇幻探险公园，里面要有旋转木马、过山车和水滑梯。于是他就去办这件事。公园开园的那天，人们从永泊镇四面八方赶来，准备一睹其风采，但杰米蒂并没有现身。那个委托他修建公园的商人让他把门打开，他却不肯照做。所有人都进不去，翻墙或是从门底下钻过去，都不行。所以伤心的小孩儿和伤心的大人只好回家去了。直到今天，也没有人进入过杰米蒂公园。人们在公园四周种上树，搭上篱笆，免得看着它心烦……朱庇特，你要干什么？你这么做不行啊。”

朱庇特跟篱笆和藤蔓较起劲来了，他一把一把地扯下树叶，往身后抛。他想把这些植物清理掉，好让她看看——可这很难，因为新树叶不停地冒出来，生长的速度和清理的速度差不多。

“可能你说得没错。”他说。

“那你还不停下来。”

“又说对了。好了，快，”朱庇特一边喘着粗气，一边继续跟胳膊上缠绕着的藤蔓搏斗，“快看！”

一座小小的石头台子出现在眼前，台子上面镶着一块钻石形状的紫色牌子，上面写着：

此乃一处奇观。

建造人：奇迹锻工欧德贝·杰米蒂。

赞助人：坎特金融公司首席执行官哈德良·坎特。

送给格雷沙姆儿童的礼物。

东风纪，第七年，冬。

“送给……哪里的……儿童的礼物？”

“格雷沙姆，对，”杰克一边兴奋地说着，一边扯下刺痛自己脸的藤蔓，“这个区的名字就是‘格雷沙姆’。探险公园建在这儿挺怪的，不是吗？”

“为什么？”

“看看这周围！这是永泊镇最穷的一个区，一直都是。我的意思是，这儿几乎什么都没有，就连奇迹枢纽都不通。然而，不知道出于什么原因，在这个区仅有的绿地中间，竟然藏着一个庞大的、锁起来谁也不让进的秘密游乐园。”

“这么说是有些怪，”茉莉安让步了，“可是——”

“嘘！听。”朱庇特竖起手指，压住嘴唇。茉莉安和杰克都安静下来。一开始，茉莉安只能听见鸟儿的叫声，风儿吹过树林时的沙沙声，但后来……

“有人在里面！”有声音。小孩儿的声音。先是尖叫声，紧接着是一阵大笑。还有……“是音乐声吗？”

“是旋转木马的音乐吧，我猜。”朱庇特说。

茉莉安迷糊了：“所以……公园没有上锁？”

“不完全是，”杰克说，“仅对某些人开放。”

“你们怎么发现的？”

“学校里有个朋友叫山姆，他告诉我的。他就是在格雷沙姆区长大的。他说他们这儿有一座神奇的公园，他小时候常常进去玩儿。但他现在长大了，所以就不准再进去了——是公园把他挡在外面的。其他男生都不信，但我记得朱庇特说的话——你跟他讲过杰米蒂公园的事——所以我就让山姆带我来这儿。是真的，这座公园只允许十二岁以下的小孩儿……”

茉莉安吸了口气，一下子挺直了身子：“这么说我也可以……”

“……仅限格雷沙姆区的儿童入内。”

“哦。”茉莉安又缩回去了，失望无比，“那你们带我来这儿干什么？”

“你还没明白吗？”杰克气极了，“快跟她讲讲吧，小朱叔叔。”

朱庇特重重地拍了一下那块紫色的牌子。“昂斯托得弄错了，小茉。关于杰米蒂公园的情况，他完全弄错了。欧德贝并不是什么狠心的骗子，也不曾故意建造个神奇乐园却不让别人进去。他创造的不是败笔，而是精妙绝伦的东西——仅为一小部分应当应受的人创造。他们就是格雷沙姆区的孩子，从未拥有过游乐园的孩子。就在永泊镇最贫穷的地区中央，这座乐园建起来了。他给予他们的这份礼物，只属于他们，不属于别人。”

“我一直在查阅格雷沙姆区的议会记录。看到我们所在的这片土地了吗？这儿原本是一幢公寓楼。后来，到了东风纪，哈德良·坎特——一个相当富有的人——买下了它。他把原来住在这儿的数百人赶出家园，拆掉了整个大楼，开建探险公园，并且计划向所有来玩儿的人收取高昂的费用。这意味着，住在附近的所有人都不可能买得起门票。我猜，欧德贝·杰米蒂认为这很不公平，于是就按照坎特的要求建造了公园，但是……附加了几条额外的条件。”朱庇特大笑起来，“哈德良·坎特一定开心极了。”

“肯定是。”茉莉安也咧开嘴笑了。

他们静下来，聆听着隐隐约约的音乐声和笑声。自从被赶出奇团以来，这是茉莉安最开心的一刻。

到了傍晚，天气变了，又阴又冷，暮色沉沉，凉风吹疼了茉莉安的脸，但她一点儿也不在乎。黑色的头发向后飘着，眼睛里没完没了地淌出泪水，她的内心有一种轻盈的感觉——自打宣誓日典礼那晚之后，她就再也没有过这种感觉了。她与朱庇特、杰克一起乘着伞轨车，在永泊镇的要务区飞驰，只等一声着陆的指令。

“昂斯托得教授弄错了。”她在风中大喊。只是说出这句话就让她开心不已。“如果他对欧德贝·杰米蒂的判断是错的，那么或许……”

她不太确定后半句该怎么说。如果他对欧德贝·杰米蒂的判断是错的，那么怎么样呢？或许他对奇迹锻工的判断也是错的？至少，对某些奇迹锻工的判断是错的？

茉莉安握紧了伞柄。

或许，他对我的评价也是错的。

“事情还没办完呢，小茉。”朱庇特喊道。他指了指人行道上的一块空地：“到了！律师事务所那里！”

他们在一幢办公楼前完美着陆。大楼前面标着：马奥尼、马顿、马卡洛家庭法律师事务所。朱庇特领着他们往前走了一段路，拐进了一条没有名字的小巷。小巷尽头有一扇门，通向幽暗的地下通道。走过这段通道，就是一个铺着鹅卵石的小院，接着又走了一段地下通道，接着又有一扇门。之后又经过两座小院，一条臭烘烘、脏兮兮的巷子，以及一条窄小的石头步道，他们终于来到了一堵墙边，墙上挂着牌子，上面写着：

威弗利小街

注意！

依奇地异境战队及永泊镇联合议政公会之令

此街为红色警戒等级诡计巷道

（内有高危诡计，进入后可能会造成人身伤害）

入内者后果自负

茉莉安很惊讶：“朱庇特，你不是说过，不准我再进诡计巷道吗？”

“规则就是用来打破的，小茉。”朱庇特扬起眉毛，“但是，仅此一回，明白吗？因为跟我在一起，而我又很清楚这条诡计巷道里藏着什么，所以才可以。”

“藏着精妙绝伦的东西？”茉莉安笑着问。

“藏着难以置信的东西。”杰克说。

威弗利小街里的诡计并不令人愉悦。他们越往里走，小街就变得越窄，后来，茉莉安都要卡在两侧的砖墙之间了。（“继续走啊，你们两个！”朱庇特在前面叫唤着。他那样子很不舒服，茉莉安觉得他的脑袋就要被挤爆了，像水球似的。）就在这时，很突然地——

“瀑布高塔！”朱庇特大喊道。他们冲出了石墙挤压的小巷，在水流震耳欲聋的轰鸣声中大口喘气。

然而，这并不只是一条瀑布，而是十几条，甚至更多。有的铺展成巨大、泛白的水帘，轰然砸向地面，有的则精巧纤细，犹如水晶，像玻璃编钟似的发出叮叮当当的声音。这是一曲水的交响，不知由何处流出，也不知将流向何处，璀璨耀眼，闪闪发光，三维立体，好似一幢幢摩天大楼。

茉莉安垂下肩膀，站在原地微微发抖。她根本没想到自己要看的就是德西玛·可可罗的杰作。她震惊极了。一街之隔而已，她完全想象不到这里的一切。在小街的另一边，听不见水声，空气里也没有任何异样，没有丝毫迹象表明，在那昏暗小巷的背面，竟然有这样庞大壮丽水声震天的造物。

而且，它真的太美了。

她摇摇头，不敢相信这是真的。“他说这是‘败笔’。”她叫着，让声音盖过水声。转瞬之间，震惊变成了愤怒。“昂斯托得教授，他说这是近乎‘畸变’的‘败笔’。可这明明是……是……”

“是啊，”朱庇特也大叫着，“这明明是……对啊，没错。”他和杰克仰头凝视着瀑布高塔，脸上挂着沉醉、迷离又惊叹的神情，让茉莉安仿佛看见了自己的表情。“我们进去吧？”朱庇特说。

他撑开了雨伞，杰克和茉莉安也撑开了各自的伞，三个人一起从水流最小的地方穿了过去——轻而易举就穿过去了。昂斯托得的书里把这描写为巨大的困难，说什么想要进入德西玛·可可罗的大楼的人，不是浑身透湿，就是被水冲走，甚至还有淹死在水中的。可他们三人来到水墙另一边之后，只消甩甩雨伞，身上还是干的，震耳欲聋的水声也消失了。

茉莉安原本以为，瀑布高塔内部是黑暗、潮湿的，有点儿像个山洞，但此时她却发现，这里是个明亮宜人的地方。清莹的绿光透过层层水幕，洒在地板上，光影犹如一圈圈的涟漪。大楼庞大、空旷、寂静，像一座用海玻璃[1]建造的大教堂。

“为什么没有人使用呢？大家不知道它在这儿？”茉莉安压

1 海玻璃，本是废弃的人造玻璃，经海水打磨后如同鹅卵石般圆滑。——译者注低声音问道。他们仿佛进入了一个圣洁而神奇的地方，她不想打破这种气氛。

“我也不知道。还不清楚业主是谁。一直在查呢。”他用指尖拂过平静如镜的水墙。

“你是怎么发现这儿的？”

“唔，很是花了些工夫，”他说，“不过幸运的是，我认识不少人，他们又知道不少事。毕竟我就是个多管闲事的性子，对吧？”

他们走到宽敞大厅的另一边去找杰克，只见他正站在另一座台子前面，台子上面也镶着一块钻石形状的紫色牌子。

此乃一处奇点。

建造人：奇迹锻工德西玛·可可罗。

赞助人：参议员赫尔姆特·R. 姆森。

送给永泊镇人民的礼物。

东风纪，第七年，春。

“一处奇点。”茉莉安念道。这个词让她一下子想起了之前遇到以斯拉·斯考尔的事。“斯考尔说失窃时光博物馆也是‘奇点’。他还说奇迹能应用行为分类委员会把它分到‘奇观’里了。不过斯考尔认为他们分错了，因为他们根本没弄明白那究竟是什么。”

杰克看了看茉莉安，又看了看朱庇特，然后又看了看茉莉安，没戴眼罩的那只眼睛眯了起来："什么博物馆？你什么时候去见斯考尔了？"

"我当时没听懂，"茉莉安没理会杰克，继续说道，"在昂斯托得教授的那本书里，奇迹能的应用术只有五种——歧途、舛误、败笔、畸变、灾难，根本没提过什么奇观和奇点。可它们显然是真实存在的啊，因为……呃，因为我们此刻就身处其中啊。"她双臂一扬。"所以，昂斯托得为什么不知道这些呢？他可是写了整整一厚本关于奇迹能应用的书啊。天哪！他怎么能把这儿也归为'败笔'呢？"

"斯考尔到底是怎么回事？"杰克提高声调，又问了一遍。他把眼罩掀了起来，像是要好好观察一下此刻的情况。

"好问题，小茉。恐怕我也没有答案。"朱庇特抓了抓胡子，"不过我建议你自己去问问昂斯托得教授。"

"嗯，我会问的。"茉莉安说。她突然生出了一种全新的、更坚定的决心。昂斯托得教授怎么能在被误导、有偏见的情况下写出那本关于奇迹锻工和奇迹能应用术的书呢？他有没有试着去找一找瀑布高塔或是杰米蒂公园，或是出现在他书里的其他奇迹能应用成果？"我明天的第一件事就是去问他。"

"别太咄咄逼人了，懂吗？"朱庇特说，"没有人喜欢被人挑错，尤其是他还写了一整本关于这事的书。"

"那可不能保证。"她毫不动摇。

茉莉安陷入沉思，而朱庇特则仰起头，欣赏着瀑布高塔。三人沉默了一阵子，杰克终于开口了：“你们有谁能跟我说说斯考尔的事？”

8

狡猾的控时者

“你准备好服装了吗？”

“服装？”

“万圣节服装啊，”霍桑说，“明天就是万圣节了。”

“呃……”茉莉安眨眨眼睛，努力地想跟他继续聊下去。她前一晚几乎没怎么睡，所以尽管此刻正穿过幽鸣森林往傲立楼走，她的思绪却还停留在别的地方。“没有，我还没想呢。”

“你知道我希望你扮成什么吗？”霍桑小心翼翼地看了看四周，然后轻声说道，“扮成奇迹锻工！”

茉莉安做了个鬼脸：“前所未有的馊主意。”

“才不是呢，你听我说：根本没人知道你其实是个真正的奇迹锻工，除了……”

“除了……”茉莉安打断他，掰着手指头数道，“你，朱庇特，杰克，芬内斯塔，欢悦小姐，昂斯托得教授，三位长老，两位助教，团队里的每一个，以及他们的资助人。”

“是啊，再也没有其他人了嘛。”

“哦，别忘了那些神秘的勒索信，谁知道是什么人写的。还有以斯拉·斯考尔，还有……”

“那又怎么了？”霍桑不遗余力地想说服茉莉安，“正因如此，这才是个好主意啊！这是一种——怎么说来着？霍默前几天还用过那个词呢。是……讽刺。”

“什么意思？”

“意思是……哎呀我不知道啦，管他呢。你就想象一下吧，扮成奇迹锻工的样子，出现在联欢会上，大家全都看着你！黑嘴巴，爪子一样的手，大大的老式披风……绝对是全场最吓人的扮相。砰！一下子你就火了。”

“砰！一下子就开除我了。”茉莉安翻了个白眼。斯考尔本人也不是这副模样啊。“话说回来，什么联欢会啊？”

“想去哪个都行啊！”霍桑兴奋起来了，他一跳老高，摸到了一根悬在半空的树枝，“918团在弗莱迪·罗奇家有个聚会。弗莱迪是我在‘爬行动物保健’那门课上认识的，他人很好。霍默的朋友们也有个派对。只要答应把脸遮住，并且全程跟他保持三米的距离，他肯定会让咱们参加的。”

“可我们要参加黑暗游行啊，你忘了吗？”茉莉安冷得直打战，“游行不需要穿特别的服装，只要穿咱们正式的黑色制服就行。”

她把外套裹得更紧了，把扣子一直扣到了下巴底下。秋天真的到了。在奇团的围墙之外，秋天就是清新爽洁的空气，以及一堆堆一踩就嘎吱嘎吱响，听来令人心满意足的树叶。而在奇团的围墙之内，风已经冷得刺骨，到处都能闻见燃烧木材的烟味和腐烂苹果的甜香味，幽鸣森林的树冠交织着红色、金色、橘色，显得活力四射（似乎没有哪棵树为此感到特别开心，不过它们什么时候开心过呢？）。

“游行又不会一直持续到半夜！嘿，杰克肯定也认识什么人，知道在哪儿有聚会吧，或许他可以——”

“杰克会待在丢卡利翁大饭店，”茉莉安说，“而且，说真的，我看我也应该待在那儿。不知道弗兰克又为万圣节鼓捣出什么奇奇怪怪的东西了。”

“哦，我能去吗？”

“当然可以。”

“太酷了！我要扮成海盗，或者扮成食尸鬼。恐龙也行。我还没想好。或许，吸血鬼也不错……”

在往傲立楼走的一路上，霍桑都在畅想着各种各样的聚会装扮，好像根本不需要从茉莉安那儿得到什么建议似的。不过这也正合茉莉安的心意，因为她也不用花心思仔细听了。

她昨天夜里时睡时醒，一直想着该如何跟昂斯托得教授谈话。当然，朱庇特是对的。没有人喜欢被人挑错。但这也不代表，明知道错了也不能说。

毕竟昂斯托得教授一年来教给茉莉安的东西都是错的。他明明对奇迹锻工的历史知之甚少，却宣称自己是这一领域的专家，让茉莉安认为自己注定要重蹈奇迹锻工的覆辙，注定会像之前历任奇迹锻工一样，失败、犯傻、作恶、一无是处。

她越是想这些，就越是生气。瀑布高塔、杰米蒂公园，还有那些散落在永泊镇各处的奇迹能应用杰作，只要有人愿意寻找，就能发现。她一想到这些就生气，整个早上都气呼呼的。

茉莉安昂首挺胸地往昂斯托得教授的教室走去，她已经做好准备，要和这位奇龟老师严肃地理论一番。

她猛地推开门，冲进屋子，把书包扔到桌上。“吵……闹……什么……呢？”昂斯托得教授问道。

“你弄错了。”茉莉安说完，自己也有点儿惊讶。不管是不是出于气愤，她都没打算这么直接地说出来。

“劳驾……你……”

“再说一遍，好的。”茉莉安没耐心等他说完。昂斯托得教授圆溜溜的小眼睛睁大了些，嘴巴微微张开，惊讶于学生的粗鲁。可茉莉安不在乎。她才不会退缩呢。“关于奇迹能应用术的历史，你弄错了。你的书里只写出了坏的应用，只写出了歧途、舛误……还有畸变之类的。”

昂斯托得教授瞪着她：“的确只有……”

“可那不是事实。”茉莉安一股脑儿地说道，“奇点呢？奇观呢？你都没写。”

她顿了顿，等着昂斯托得回答。但教授皱起鼻子，粗皮脸上一片茫然。

“瀑布高塔才不是败笔，”茉莉安继续说道，“我知道，因为我亲眼看见了。”

教授张大了嘴巴：“你看……见……”

“对，而且它精妙绝伦。那里有一块牌子，钻石形状的紫色牌子，上面写着‘此乃一处奇点’。不是‘败笔’，是‘奇点’。是送给永泊镇人民的礼物。杰米蒂公园也并非禁止所有人入内——它只允许贫民区的孩子们进去玩儿，享受他们本该享受的快乐。按照奇迹能应用行为分类委员会的说法，它是一处‘奇观’，而且是送给格雷沙姆区儿童的礼物。这些都是紫色牌子上说的。”

茉莉安看得出，昂斯托得教授已经愈发激动了，但她就是停不下来，连顿一顿喘口气都不行。她实在太想让他弄清楚了。“你还看不出这意味着什么吗？你搞错了，教授。你的书里说，历史上所有的奇迹锻工都是愚蠢的、邪恶的、残忍的、奢侈的。但德西玛·可可罗并不蠢——她是个天才。欧德贝·杰米蒂也不残忍——他很慷慨，很善良。”

“小点儿……声音。”昂斯托得教授紧张地看了看开着的门。有几个人从大厅里走过，不知道吵闹声是怎么回事，于是好奇地往教室里面看。“有人……会……”

“就算有人听见我也不在乎。”茉莉安气极了。她感觉到愤怒的泪水刺痛了眼睛，暗暗咒骂自己不争气。为什么生气总是会让她哭起来呢？这根本不是她想表达的东西。她弯曲手掌，握紧了拳头。“你不仔细听我说，我就要继续大声讲。你还不明白吗？如果你对可可罗和杰米蒂的评价是错误的，那么你对其他奇迹锻工的评价也可能是错的。难道找出真相就那么不值得一试吗？如果有些奇迹能的应用是有益的，难道你就不想……”

茱莉安的声音低了下去。她突然意识到，昂斯托得教授一直没有表现出哪怕一点点的惊讶。他没说她骗人，也没问她是怎么知道这些的，甚至在她提到“奇观”和“奇点”的时候也没有任何困惑。他担心的只是有人会听到他们的谈话，不住地往门口看。

长久而沉重的静默坠在二人之间。

茱莉安低下头，看着教授桌上的那本书，摸了摸那褪色的封面：《歧途，舛误，败笔，畸变，以及灾难：奇迹能应用术简史》。再开口的时候，她的声音小得几乎听不见，几乎盖不过墙上钟表的嘀嗒声。

“‘简史’。编辑过的。节略的。简短的。”她抬起头，看着昂斯托得教授，想起了第一天上课时他说过的话。“你早就知道这一切，对吗？你是故意删掉那些内容的，对吗？你撒谎了。”

长长的、嘶哑的喘息之后，昂斯托得张开嘴巴回答，一缕唾沫从他皱巴巴的嘴唇间喷了出来：“我做了……修订。”

“你撒谎了！”茱莉安此时已经在大吼。她忍不住。“你一直都在撒谎。你想骗我，让我相信所有奇迹锻工都是邪恶的。可你明知道那不是事实，对吗？”

“所有奇迹锻工……都是……邪……”

茉莉安再也不想听到这种说辞，再也忍受不了这种说辞。她翻开那本书，飞快地翻动书页，找到了描写欧德贝·杰米蒂的那章。

然后把它撕掉了。整整一章。她咬着牙把纸页撕成碎片，扔在地上，就像抛撒庆典纸屑似的。

“别——再——骗——人——了。”

昂斯托得教授张了张嘴，正要对这一令人震惊的破坏行为做出回应，亨利·米尔德梅却闯了进来。他似乎有些担心，又有些慌张，怀里抱着一大堆书和地图，刘海儿垂下来，挡住了眼睛。

“哦，真抱歉，昂斯托得教授，我刚好路过，好像听到了……有人在叫。”他看了看茉莉安，又看了看年迈的奇龟，最后看见了地上那堆撕碎了的纸屑，不禁紧皱起眉头，疑惑不已。“还好吗？没事吧？”他看着茉莉安问道。但开口回答的是昂斯托得。

“一切……正常……年轻人。”茉莉安注意到，昂斯托得对待米尔德梅的态度，就好像他还是个学员，并没有把他当作同事。这让她更气愤了。他怎么敢这样侮辱米尔德梅？他是这样善良和蔼的年轻教师，而他却又老又可恶还骗人。“去忙……你自己的……事吧。”

可米尔德梅还是看着茉莉安，带着一种好奇的关注：“克罗小姐，你——”

“她……很好。”昂斯托得教授打断他，“你……再……待下去就……不合适了……孩子。”

米尔德梅的脸颊上飘起了红晕。“当然，昂斯托得教授，”他说，“真是对不起。”他又面带询问之意地看了茉莉安一眼，然后就低下头，转过身准备离开。可他的膝盖撞到了教授的桌角，于是疼得大叫一声，书和地图撒得到处都是。他的脸更红了，他更尴尬了，连忙急慌慌地去捡，可脚下又绊了一跤，怀里的东西全都抛向了半空。

就在这闹哄哄的瞬间，奇怪的事情发生了。

茉莉安突然觉得，整个世界和万事万物仿佛正在慢慢地趋于静止。四周的空气像糖浆一样黏稠。时间似乎被放慢了，慢得令人无法忍受——或是变成固体了，把她固定在原地动弹不得。她的思绪仍然像往常一样快速地运转着，可她的眼珠却不能同样快速地转动了，像蜗牛似的慢吞吞，没法儿去看她急切想看的东西。在余光所及的视野中，她看见了屋子的另一边：米尔德梅似乎也静止了，他的那些书飘浮在半空——飘浮在时间里——环绕着他。

茉莉安觉得要无休止地等下去了。她甚至开始思忖，是不是自己导致了这种情况，是不是她身为奇迹锻工的天赋再次脱离了自己的控制，但这时，她突然明白是谁干的了。

在她的视野中，昂斯托得教授以他一如既往的乌龟速度从容经过（当然了，此时此刻，教授的速度要比近乎静止的她快上好几倍）。他迈着小碎步，拖拖拉拉地走过去，把那本《简史》拿起来，夹在胳膊底下，然后离开了教室。

是他干的。昂斯托得。是他放慢了时间。

片刻之后，世界恢复了正常。书和地图噼里啪啦地掉在地上，米尔德梅的膝盖再次撞到了桌角，疼得他叫了起来。

茉莉安气喘吁吁地冲到门口。太迟了，教授已经不见了。“他是怎么办到的？”

米尔德梅喘着粗气，一只手按着胸膛，好像刚跑完马拉松似的。“天啊！我一直都不知道……还以为昂斯托得教授是凡尘学院的呢。没想到他竟然是个控时者。可现在在无名之域已经没有在世的控时者了啊。”

“控时者？什么意思？”

“控时是一种非常罕见的心法。”他仍然盯着昂斯托得教授走出去的那扇门，摇了摇头，睁大了眼睛，“控时者有很多不同的分支，使用和操控时间的方法不同，分为保存、收缩、循环和延展。看样子，老昂斯托得的心法是‘时间延展’。我简直不敢相信。”

茉莉安又生气又讥讽地哼了一声。“听起来的确是这样。他还操控了真相呢。书也给拿走了。”

茉莉安往桌子上砸了一拳。她原本想把那本书留下，那是昂斯托得欺骗行为的证据。她想把它带回家，和朱庇特一起仔细检查一番，看看里面还把哪些“送给永泊镇人民的礼物”也写成了舛误和畸变。

“哦，真是的。那个，呃……那本书是讲什么的呀？”米尔德梅一边收拾掉在地上的东西，一边看似不经意地问道。茉莉安也弯下腰帮忙。

“是一本简史，关于——”她抿住嘴唇，及时地截住了话头。她把一卷地图递给他。要是把那本书的名字告诉了米尔德梅，那么他就不可避免地会猜出她的奇迹锻工身份。“我忘了。反正是本很蠢的历史书。”

“哦，好吧……他肯定会再送回来的。”米尔德梅往门口走去，仍然有些慌乱和震惊，似乎还没有从昂斯托得的诡异心法中回过神来。茉莉安能理解。因为她的脑袋也嗡嗡直响。“我得走了。得去备课了。再见吧，克罗小姐。”

“控时者？哟嚯，你能肯定吗？”

“嗯，米尔德梅是这么说的。而且他确实把时间拉长了……至少感觉是这样。”

茉莉安深深地吸气，嗅着墙壁上释出的甘菊香氛。她惊慌失措地回到家，大喊大叫着从大堂往朱庇特的书房跑，要把那骇人的一幕全讲给他听。而她的资助人，则很明智地建议他们到没人的吸烟室去，还让凯吉瑞去换了可以使人平静的香氛。茉莉安极尽所能地把整件事详细地描述了一遍，尤其是讲到昂斯托得其实一直都知情的时候，她实在觉得很兴奋，而朱庇特则真的从座位上跳了起来。他又猛吸了几口甘菊香氛，才停下步子，重新坐了回去。

“可是，他为什么要说谎呢？”茉莉安问。这个下午，她已经把这个问题问了无数遍，但朱庇特也回答不出。

“我得去问问长老们，”他最后说道，“他们比其他人更需要知道真相。”

“明天就去？”茉莉安满怀期待。

“明天就去。”他同意了，“我会在黑暗游行开始前跟他们谈谈。弗兰克的宴会一结束就去。我保证。”

9
万圣节

万圣节之夜，丢卡利翁大饭店笼罩在一片邪魅的金橙色光芒中。饭店里所有的灯都关掉了，整座建筑黑得就像巫婆的大煮锅，只有几间房间是特意挑出来的，里面点着数百根蜡烛。从街上望去，烛光照亮的窗子就像一张满是獠牙的大嘴和两只恶魔般的眼睛。所以，丢卡利翁大饭店的立面就成了一盏巨大的“南瓜灯”。效果相当惊悚。

“我知道我年年都说这话，”朱庇特站在前院，带着毫不掩饰的自豪，望着自己的饭店，“但你真的又一次超越了自己啊，弗兰克。”

“很吓人。”茉莉安说。杰克站在她旁边，小声咕哝着表示赞成。而玛莎则尖叫着，热情地鼓起掌来。

查理拍了拍弗兰克的背，说道：“看来，今年的万圣节咱们赢定了，弗兰克。奥利安娜饭店的那些人啊，输都不知道怎么输的。”

杰克斜着眼睛看了看茉莉安，两人都没敢吱声。他们最最不期待的就是弗兰克喋喋不休地怒斥他的老对手。

但这一次，弗兰克惨白的脸上却露出了自信的笑容，眼睛和獠牙映着饭店的烛光闪闪发亮。“万圣节是属于我的，朋友们。在异想天开的恐怖和毛骨悚然的愉悦之间找到平衡点，没有人能比弗兰克做得更好。没有人。”

茉莉安被逗笑了，她看了看其他人。玛莎咬住嘴唇，忍着笑意，朱庇特则假装咳嗽，掩住了扑哧一声。

“今晚有什么议程啊，弗兰克？”杰克问道。大家回到了烛光摇曳的大堂，精心装扮的宾客们已经聚集起来，期待着即将开启的恐怖之夜。服务员们穿梭其间，递上黑色的潘趣酒，托盘里装着的点心像极了毛茸茸的蜘蛛和人的手指。杰克当天下午才从学校回来，所以和茉莉安、朱庇特以及其他饭店员工不同，他还不清楚弗兰克上个星期都对万圣节之夜的节目做了哪些调整。“很高兴你问到了，小杰克。”弗兰克郑重其事地清了清嗓子，“六点之后，丢卡利翁的小客人们就可以开始玩儿‘不给糖就捣蛋’的游戏了。”

“什么糖？”朱庇特问。

“哦，还是老三样，”弗兰克说，“骷髅软糖、肉虫点心、巧克力眼珠。”

“那捣蛋呢？”

“我觉得可以把他们按住，然后剃掉眉毛。”

朱庇特叹了口气：“不要了吧，弗兰克。”

“往身上粘柏油和羽毛呢？”

“不行。”

“往脑门儿上刺刺青呢？”

朱庇特喘着粗气，吹得脸颊鼓鼓的：“咱们能不能想一些不会导致集体诉讼的玩法？”

弗兰克的脸色有点儿不好看了，他阴沉沉地耸了耸肩，继续说：“七点钟，永泊镇室内管弦乐团将在我们的音乐沙龙演奏葬礼挽歌。八点钟，由臭名昭著的全员吸血鬼剧团‘饥渴话剧团’为大家献上华丽而血腥的《一口致命》——我托了十几个人的人情才请到。他们实在是神秘，你懂吧，极少为普通人表演。”他似乎非常得意。“九点钟，第二舞厅将举行幽灵迪斯科和化装大赛——我总是能很好地迎合年轻人，是吧。”

“霍桑肯定很高兴，他喜欢跳舞。”茉莉安说。至于她自己，尽管也是个“年轻人”，却从来没有过跳迪斯科的念头。她瞥了一眼服务台的钟，思忖着霍桑到底跑到哪儿去了。他本来日落前就该到的，可现在天都快黑了。他俩还打算一块儿去玩“不给糖就捣蛋”呢。朱庇特一开始不同意，但经不住他们一次次的恳求，再加上杰克也勉强同意一起去，这才松了口。最后一刻，玛莎才为茉莉安准备好服装。那是一套猜不出种类的怪兽服装，由好多紫色的管道刷子和绿色纱布连缀而成。穿到这会儿，茉莉安已经痒得快疯了。

“十一点钟，”弗兰克继续说，“大部分客人都会到闹市区去，为观看午夜开始的黑暗游行抢占个好位置。与此同时，我个人将避开那一年一度的盛事，在丢卡利翁大饭店举行仅面向受邀者的专属秘密午夜活动。”弗兰克夸张地停了一下，茉莉安扬起眉毛看看杰克，杰克冷冷一笑。“我预约了神奇玛劳来此服务。”

“哇哦！”玛莎的眼睛一下子亮了，“我在报纸上看到过他！”

茉莉安从来没听说过什么神奇玛劳，她问道：“那是谁啊？”

“自由邦尚在人世的最伟大的通灵大仙。”弗兰克郑重其事地说。

“他自己的广告上倒是这么说的。”杰克咕哝道。

弗兰克没理他。“玛劳将在丢卡利翁大饭店的房顶上举行降神仪式。他说月圆之夜的户外有助于我们更好地与神亲近。”

“是那种吓人的旧式降神仪式吧，”朱庇特似乎颇感兴趣，“真是紧跟潮流呀，弗兰克。跟死人沟通眼下可时髦了。当然了，都是假的，因为没有哪个自尊自爱的幽灵会搭理通灵大仙。何况这位大仙还在《窥镜报》上面做广告，自称‘神奇’。不过的确是很时髦的。”

“你等着瞧吧，小朱，”吸血鬼侏儒一边走出去接待客人，一边说道，“玛劳是动真格的。社会版肯定会为此一连惊叫好几天的。”

就在这时，前院里突然响起一阵车轮摩擦地面的尖厉声音，随后就是噼里啪啦的脚步声，接着，六七个身着黑衣的潜行特勤急匆匆地闯进了丢卡利翁大饭店。领头的是个女人，她神情严峻，一头银灰色短发似乎是新近才剪的，肩上的肩章是金色的。

“晚上好，里弗斯探长。”朱庇特说。他的问候语措辞很谨慎。茉莉安突然觉得，这个女人会不会带来了什么不好的消息，因为朱庇特和杰克——潜行特勤进来时他就悄悄地掀开了眼罩——似乎同时暗暗地做好了应战的准备。

“诺斯队长。”探长说。她示意下属们站好待命。有些化了装的客人被这突如其来的中断吓了一跳，有些反而挺高兴的，还以为这也是万圣节玩乐节目的一部分。探长把朱庇特拉到一边，轻声交谈起来。不过当然，茉莉安、杰克、查理和玛莎也溜了过去，偷偷听着。“抱歉，打扰了。总部原打算送个信过来，但我觉得还是跟你当面谈谈比较好。是坏消息。又有三位。都是今天出的事。”

茉莉安觉得胸口一阵发紧。“出事”。谁出事了？

朱庇特眯起眼睛，一只手捋了捋金色的小胡子：“又有三个人失踪了？”

里弗斯探长点了点头：“我们接到了匿名举报。”她压低了声音。茉莉安、杰克、查理和玛莎全都往前凑了凑。“它又出现了，队长，就在今晚。”

茉莉安瞥了一眼朱庇特，他的脸色一下子变得煞白。他们在说邪灵黑市。她能肯定。

“我明白了，”朱庇特沉吟道，“那么这份……匿名举报给出具体地点了吗？还是我太乐观了？”

里弗斯探长摇摇头，神色凝重："我们已经把所有能动用的人员都派出去查访了，但是你也知道，我们人手太少了。"

"而且它也不太可能出现在看似可能的地方。"朱庇特说。

"没错。所以我们正在跟臭警——"她刹住话头，咳了几声，"——咳咳，抱歉，跟永泊镇警察局合作。我们甚至还从奇团教职人员中招募了一些，一起协同搜索。"

"教职人员？"朱庇特急了，"这是好主意吗？"

"是他们坚持要参与的，队长。"她说，"我也挺理解他们的立场。失踪人员中就有一个是他们的人，虽然难以置信，但的确是涉及奇团内部了。事发地点就在他自己的公寓外面，还有打斗的痕迹，到处都是水……以及骨头。"

"骨头。"朱庇特重复了一遍。

"一根大腿骨，"里弗斯探长露出意味深长的神情，"还有几块指骨。"

朱庇特的下巴绷紧了。茉莉安知道原因。是骸骨军团。盗骨者。这就证实了，盗骨者又绑架了三个人，送到邪灵黑市去了。茉莉安想象着那遗留散落的骨头，不由得打了个冷战。

不对，不对劲，她想，事情里还有个小细节不对劲——

"你刚才是不是说……水？"茉莉安朝着探长问道。她忍不住了。

里弗斯探长斜着眼睛看了她一眼，然后又转向朱庇特，继续说："水是从池塘里溅出来的。我们认为它们肯定是把他直接拽出来的。”

茉莉安脑海里的拼图拼起来了，她紧皱眉头：“你说的是昂斯托得教授，对吗？那位奇龟？”

里弗斯探长紧紧地抿住嘴唇，没有再看茉莉安。茉莉安知道，这就是默认了。

她忍不住想，昂斯托得教授可能并不是真的被绑架了。或许，他害怕被茉莉安揭露造假，于是自己溜之大吉了。一想到这些，她就感到满足，愤怒也平息了些，可旋即又觉得羞愧。

不对，还有别的。

她内心深处还有一种恐惧在蠢蠢欲动。它很微妙，微妙得她尚且无以命名。

“另外两个人是谁？”她问里弗斯。

探长恼怒地冲着朱庇特皱了皱眉。

“嘘，小茉。”他说，“探长，我随时听候你的调遣。我这就去拿外套。”

“其实，”里弗斯抬起手拦住了他，“我倒希望你暂时待命。你最好留在这里，等我们缩小搜寻范围之后再采取行动。眼下可是大海捞针啊。一有明确进展我就派人来给你送信。”

“与此同时，我们敦促所有奇迹社团成员留在家里，”探长继续说道，“施行严格的宵禁。今晚，永泊镇所有奇团成员都面临着真切的威胁。”

“可是，黑暗游行怎么办啊？”茉莉安突然一阵沮丧。这可是她和霍桑第一次参加黑暗游行啊。去年，他们注视着一排排庄严肃穆、身披黑袍、手持蜡烛的奇团成员寂静无声地在永泊镇的大街上行进，从那时起，他们就开始期待自己也能成为其中一员了。（霍桑呢？他在哪儿？那小小的、微妙的恐惧愈发强烈了。）

“黑暗游行取消了。”探长说。

坏消息简直就像当空一锤，重重击中茉莉安的胸口。取消了。她的第一次黑暗游行，就这么……取消了。不论失踪事件的幕后黑手是谁，不论对准奇团成员的绑架者是谁，他们都已经成功操控了所有人，让大家连离开家门都不敢。茉莉安觉得怒火中烧，同时喉咙中又出现了那种熟悉的、诡异的烟灰味道。

“还有，诺斯队长，”里弗斯继续说，“我们呼吁所有奇团成员取消他们计划的聚会或庆祝活动。今晚可不是咱们上街的好时候。大家都很尊重你，所以我们希望你能带个好头。”

朱庇特好像想要争论一番，可思考之后就觉得对方说得不错。“当然，”他说，“我会立刻通知我的员工，把这些消息放出去。我今晚会一直守在这儿，探长，随时恭候你的调遣。”

里弗斯探长简单地点点头，然后就转身走了。她的部下也跟着她出了大门。

朱庇特看向大堂的另一边：弗兰克正跟一群兴高采烈的客人逗着玩，獠牙伸出来又缩回去。“看来我得赶紧把这个坏消息告诉他。”

茉莉安的心沉了下去。

没有黑暗游行。没有“不给糖就捣蛋”。失踪者增加了。

还有一种挥散不去的担忧是她无法忽视的。

霍桑在哪里？

“对不起！我来晚啦！”门口传来高门大嗓的声音，一个茉莉安从未见过的奇异怪物迈着大步子闯了进来。

它那衰老暗沉的灰色皮肤上沾着一道道血迹；覆着鳞片的爪尖和爪子是明艳的绿色，与之相称的绿色尾巴上竖着甲板；银色的腿呈长方体，上面铺着一层纽扣、螺栓、瓶盖。除此之外，它还戴着一顶海盗帽，穿着一件红色锦缎外套，系着镶有花边的白色领结，一只眼睛上蒙着黑眼罩。

茉莉安吸了口气，不停地眨着眼睛。好朋友的最终到来让她松了口气，可眼前的这怪物——谁知道是什么玩意儿——也着实让她吓了一跳。

“我想不好要扮成什么样子，所以我妈就把我打扮成了海盗僵尸恐龙机器人，然后……”霍桑看见茉莉安的表情，突然停住了，低下头看了看自己的尊容，“怎么了？太过分了吗？”

茉莉安从来没有见过如此气氛压抑的丢卡利翁。潜行特勤离开之后，她把霍桑领到屋里，两个好朋友做的第一件事就是冲向卧室里那扇通往919车站的门，想看看其他成员是不是也收到了今夜戒严的消息。但是门上的那个W没有亮起来，不管他们怎么使劲儿推，门就是打不开。他们又沮丧又担心，可也没有别的办法，只好折回大堂去等消息。至少，茉莉安总算可以脱掉那身刺得人发痒的服装了（霍桑也脱掉了爪子、尾巴和银色的机器人腿，不过很不情愿）。

朱庇特在铺成黑白棋盘格图案的地板上来回踱步。外套穿好了，靴子系紧了，伞拿在手里了，他时刻准备着，只等潜行特勤传来消息就往外冲。茉莉安知道他和自己一样讨厌"原地待命"，但出于种种考虑，他还是尽力地保持着冷静，做出愉快的样子。

弗兰克则陷入了震怒之中。光是让他相信整件事不是奥利安娜饭店针对他做的手脚就花了整整一个小时。而当他终于接受事情的起因是奇迹社团时，情况也没好到哪儿去。

"奇团特权，物极必反，这就是又一个例子，明目张胆！"他咆哮着，又冲着朱庇特和茉莉安加了一句，"不是在冒犯你们啊。"他烦躁地在大堂里走来走去。这儿已经没人了，盛装的宾客们都已经被送回家去了，个个失望透顶，而那些住在饭店里的客人，则都聚到了楼上的金灯笼鸡尾酒吧，准备通宵畅饮，以弥补庆祝活动取消的遗憾。

"没关系，"朱庇特说，"我也同意你说的，弗兰克。"他朝着茉莉安微微地挤了挤眼睛。

"饥渴话剧团走了，"弗兰克郁闷地说，"没准儿正笑话我呢。昨天他们还说我可以在他们的冬季剧目《夜之生灵》中出演一个角色呢，现在也没戏了，是吧？神奇玛劳呢，心烦意乱，简直没法儿安慰！他说他能感知到虚空中那些灵魂的失望。所以现在也有一大堆死人在生我的气了。唉，就让他到金灯笼去借酒消愁吧。”

这位吸血鬼侏儒突然号啕大哭起来，玛莎连忙把他带到双人座位上，搂着他安慰。他倚在她身旁，大放悲声，肝肠寸断，哭了好久好久。最后，朱庇特只得告诉他，房顶的降神仪式仍然可以为留下的宾客表演，但他必须得冷静冷静，不能再哭了。

“潜行特勤大部队出动，正在尽力解决问题。”朱庇特说，“目前咱们没什么可做的，只能等消息。我们不妨享受一下仅余的万圣节乐子吧，然后好好睡一觉。希望到了明天早上，一切麻烦事都随风而去了。”

弗兰克立刻上楼去找玛劳，玛莎和查理则到房顶去，看看是不是一切都准备就绪了。

“我会守在服务台的，先生，”凯吉瑞说，“潜行特勤一送来消息，我就会立刻告诉你。”

“好极了，伙计。”朱庇特转向茉莉安、霍桑和杰克：“来吧，你们三个。万圣之夜，咱们去跟小鬼聊聊天吧。”

神奇玛劳在金灯笼酒吧度过了当晚大部分时光，享尽了天才调酒师的热情款待，开始主持仪式时，已经有点儿晕晕乎乎的了。

“神灵与我们……嗝……同在，朋友们。”通灵大仙说道。他坐在房顶中央的一块垫子上，四周围了一大圈宾客。“他们就在我们身边，在这万圣之夜，在这生死之隔最为脆……脆弱的时刻。”他停下来，搜肠刮肚地想了想，另换了一个词：“薄弱？”

弗兰克把仪式的场地布置得很棒。房顶上点着数百支长长的锥形黑色蜡烛，它们在高空气压的影响下摇曳闪烁，虽然时而有凉风袭来，却似乎怎么也不会熄灭。宾客们都坐在优雅的黑丝绒垫子上，排成一圈，最外层则有一层很漂亮、很诡异的人造白雾笼罩着。

可惜的是，这种美妙场景对某些客人来说实在是种浪费，因为他们更渴望回到六楼的酒吧，去享用不限量免费供应的鸡尾酒。

“我现在接收到了一位老先生的信息……是要给……那边的……某位。”他含糊地指了指半圈宾客。“老先生的名字是D打头的。或许是某位的父亲？叔伯？也可能是曾……嗝——祖父？达伦？大卫？多米尼克？多……多迪？德罗戈？呃……德莱克？”玛劳坚强地把故事往下讲，“迪格比？德韦恩？”

“哦！”一个年轻女人尖叫起来。她戴着塑料头冠，系着亮粉色的“准新娘”佩带，是和一群吵吵闹闹的姑娘一块儿来的。她们对万圣节没什么兴趣，被弗兰克请来参加仪式也只是为了凑凑人数。而且，她们已经接连两次因为在神奇玛劳与死者沟通时口出恶语而被人制止了。“会不会是韦恩啊？我公公的名字是韦恩。是他吗？”

玛劳似乎思考了一会儿。“对，就是他。他有话对你说。他说……请你照顾好他的儿子。你们要好好爱彼此。”

那群女孩儿一起惊讶地叫起来，准新娘本人则有点儿泪汪汪的：“我还以为他不愿意小本娶我呢！”

“哦，他很乐意的，”玛劳继续说，“他说没什么能让他更开心了。他说他会在天堂看护着你俩的。”

准新娘的脸色沉了下来：“天堂？你这是什么意思？韦恩还活着呢。”

茉莉安和霍桑本来一直憋着笑，这下更忍不住了。霍桑突然大声地哼了一声，茉莉安一下子没忍住，笑得满脸都是泪水。

朱庇特坐在对面半圈，他冲着他们扬起眉毛，意有所指地望了望门口。茉莉安笑着抓住霍桑的胳膊，两人站起来，想离开仪式现场。可神奇玛劳也站起来了，他指着茉莉安，用响亮刺耳的声音说道：“你会喷火。”

笑声卡在茉莉安的喉咙里。她慌了神，焦急地想尽快离开，可脚下却像生了根似的，怎么也走不了。

玛劳微微歪着头，皱起的眉毛挤出一丝好奇。“你会喷火。”他的声音突然变得威严、清晰，不再含糊不清，也不再结结巴巴。“像龙那样喷火。你喜欢喷火吗？”

茉莉安眨眨眼睛，瞥了一眼霍桑，又看了看朱庇特——他们和她一样震惊。参加仪式的宾客此时全都扭过头，兴致盎然地盯着茉莉安看。

茉莉安觉得自己的脸开始发烫。她当然不能承认：“不不，没有。我从来都不会啊。”

“不对，”玛劳斩钉截铁地说，“你会。你喷过。”

他怎么会知道？或许这个人并不是个简单的、装神弄鬼的骗子。

“我不知道你在说什么。”茉莉安尽力用最笃定的声音否认道。

朱庇特突然站起来了。他的动作优雅而精准。他微微歪头，走近几步，盯着她的脸。“我想，你应该很清楚我说的是什么。”他说。

茉莉安看着他：“朱庇特，你……”

“烈焰。”那位准新娘也站起来了。她迈着猫步，走向茉莉安：“奇迹能诡术之烈焰。”

茉莉安咽了口唾沫，默默地在心里重复了一遍：烈焰。

“怎么……”茉莉安看了看准新娘，又看了看朱庇特，最后看向了玛劳，“到底怎么回事？”

房顶上的其他人全都站起来了——就连霍桑也在其中——朝着茉莉安步步逼近，犹如一张网。他们肩并肩，围成了一个紧密的、牢不可破的圈，可他们的动作过于平稳、精准，太不自然了。

他们整齐划一地张开嘴巴说话了。

“烈焰。”他们的声音听起来一模一样，完美而怪异，每个字都念得简短，清晰干脆。“年轻的奇迹锻工，甚少以此方式崭露头角，但也并非闻所未闻。在成就斐然的奇迹锻工手中，烈焰乃强大的工具……”他们稍稍向后退，冷冷地、居高临下地瞪着她，“……不过，当然，你距离‘成就斐然’还远得很。”

茉莉安突然想起了去年的万圣之夜，十三女巫会的女巫们也是这样：异口同声地说话，精准得让人毛骨悚然。那是她和霍桑参加入社选拔赛时的一个环节，女巫们是奉长老们的命令那么做的。

这会不会也是奇迹社团的把戏？又一次考试？但今晚……肯定不会，她想，社团里有一半人出去寻找失踪者了，另一半则留在各自家里。今晚可不是“捣蛋”的时候。

“你是谁？”她再次问道，“你想干什么？”

所有人都微微地向一侧歪着头，嘴角撇着，露出了她很熟悉的狞笑。茉莉安的呼吸一下子滞住了，令人作呕的恐惧带着寒意袭上了心头。

“是你。”她轻声道。

空气静止了。没有一丝微风，也没有任何外力帮助，房顶上的蜡烛突然全都熄灭了。一圈一圈的烟从渐冷的烛芯里飘了出来。银色的月光映在一双双眼睛里——它们全都大睁着，直勾勾地盯着茉莉安。

“我不怕你。”她的声音在颤抖。

霍桑从人群中走出来，一只手搭在她的肩膀上。

“我以前就告诉过你，”这冷漠坚硬的语气绝不是霍桑的，“你得学会更巧妙地骗人才行，克罗小姐。”

10

烈　焰

以斯拉·斯考尔的话从她最好的朋友嘴里说出来，茉莉安觉得一阵反胃恶心。

“停下，”她轻声说，“放开他。”

霍桑的嘴角向后一撇，露出的阴险笑容与他那张脸极不相称：“不。”

他抬起右手，用力地掴了自己一巴掌。茉莉安叫了起来，冲上去推开了他又抡起来的左手。

“住手！停下——你在干什么？”

霍桑垂下双手，一动不动，脸上什么表情都没有。他静静地向后退，脑袋低垂在胸前，就像是有人轻轻拨动开关，把他整个人“关掉”了。

参加仪式的其他宾客也跟着他一起后退，他们的动作完全一致，完全同步。人群从中间分开，向两边撤出，露出一条缝的空间，让茉莉安看清了远处的房顶边缘。

就在那儿，身穿一套剪裁考究的西服，随意地倚在栏杆上的，正是以斯拉·斯考尔。他笑着，盯着茉莉安看了一会儿。茉莉安呆立原地，第一反应是扭头逃跑。可是不行，她不能把霍桑、朱庇特和其他人就这么扔在这儿。

“你对他们做了什么？”她叫道，极力不去理会自己声音里的颤抖。

“一点儿小伎俩而已。”斯考尔伸出双手，掌心向下，蜷成爪子形状，手指勾挑抹动，像演员在拨动木偶提线。“想学学吗？”

茉莉安没有回答。她的心跳加速了。她眯起眼睛，看见笼罩在斯考尔四周的虚空，像薄纱似的，轮廓朦胧，微妙轻巧，荧荧如惑，金色的微光几乎是透明的。

所以，他并不是真的身处永泊镇。他的躯壳没有来。这让她稍稍放心，可也没什么太大的意义。茉莉安走向屋顶的另一边，在离斯考尔几米远的地方停住了，谨慎地和他保持着距离。

“你怎么做到的？”她质问道，“你在虚空中什么也不能做，这是你自己告诉我的。”

斯考尔合拢双手，像做祈祷似的，把它们放到嘴巴前面：“啊，你看，这正是事物间最伟大的宇宙奇迹呀。做了什么的，并不是我。是你。”

茉莉安回过头看了看众人，他们一个个静静地站着，一动不动，像雕塑似的。她摇摇头：这绝不可能是她做的啊。她怎么做的呢？她为什么要做呢？她什么时候做的呢？

斯考尔似乎很是理解她的疑惑。“当然了，你不是直接做了什么。但你确实放任奇迹能一再向你聚集，没有约束，也没有使用。能量总是要流动的呀。因为你没有像奇迹锻工应该做的那样，收集和消耗奇迹能，也就是有规律地、熟练地使用奇迹能，所以多年来，能量一直向你奔涌汇聚，现在就形成了……唔，这些。”他困惑地笑着，指了指茉莉安，“这团翻腾的、灼热的、难以承受的东西。奇迹能等待得厌烦了。你缺乏使用它的勇气，于是就任由它使用了你。”

他咧开嘴笑了，头向后仰着，闭上眼睛，似乎打算好好享受一下接下来要说的话。

“或者，还有更好的……任由我通过你使用奇迹能。”

茉莉安的嘴巴一阵发干。“不！”这就像一种指控，她立刻就想把它甩掉，就像甩掉一团泥巴。“不。不行。绝不可能。”

“是啊，我知道。”斯考尔说。他的眼睛亮亮的，轻柔愉快的笑声在静谧的夜里传得很远，让茉莉安不禁后背发凉。“是不是很刺激？你就在这儿，像座灯塔似的燃烧着，那么明亮，那么不受控制，而我要做的呢，就是极其轻巧地碰一碰那所谓坚不可摧的‘虚空’。”他闭上眼睛，微微地向前倾着身子，探出双手，推了推面前的空气。茉莉安能看见那极其微弱的金色亮光，像细丝一样从他的指缝间流出。她不仅能看见，还能感觉到它。斯考尔推动虚空时，那纯净的能量——像阳光般温暖，带着轻轻的温柔的嗡鸣声——一波一波地向她涌了过来。

“抱歉，”他冷笑着，撤回双手，“你并不真的相信自己拥有那种本领，能让流星镖对准它的主人及其朋友，不是吗？你也不相信那个把小猫崽变成暴怒猛兽的人是你自己，不是吗？”他大笑起来。

“那，那时……我喷火，”茉莉安重重地咽了口唾沫，烟和灰的味道在她的记忆里翻腾，“也是你对吗？也是你干的？”

一丝不确定掠过斯考尔的脸。“不是，”他说，“那些愤怒的火花都是你自己的。但将它释放出来的是奇迹能。”

他顿了顿，思考了片刻。“奇迹能既聪明又冲动，愿意听从那些生来就有能力使用和指导它的人。可是，如果我们不够谨慎——如果我允许它过于自由地表达——那么情况就相反了：被使用的是我们。”

茉莉安摇了摇头：“我不明白。你在说什么啊？”

“我在说，你喷火，是因为奇迹能想让你喷火。”斯考尔的眼睛里流露出一种混乱、狂热的神情。茉莉安的脖颈划过一阵诡异的战栗。她发现斯考尔对奇迹能的炽烈热诚是有感染性的，这让她有点儿反感。

“我在说，在那辉煌、胜利的一刻，你变成了一条龙，”他继续说道，“是因为奇迹能受够了当老鼠的你。”

茉莉安急促地呼吸着。她不喜欢这种念头：自己的自由意志可以被某种看不见、不可知的力量夺走，而这种力量她可能永远也理解不了。

“你绝不能忘记，克罗小姐，奇迹能是一种寄生虫，”斯考尔继续说道，柔和的声音拂过房顶，“奇迹能是你的敌人。是不眠不休的恶棍。它不依不饶。它永远处于警醒状态，等待着，一直等待着，等你放松警惕。因为奇迹锻工是它通往真实世界的唯一命脉，是它体验真实与存在的渠道。这就是我们。”

他这是自己进入状态了——踱着步子，兴奋，激动，还有些疯狂。茉莉安想道。

“想象一下，如果你是个幽灵！”他提高嗓门儿，叫声在夜色中回荡。话语从房顶向下洒落，犹如鹅卵石在水面上飞掠。“在你曾经生活过的世界里漫步，不能跟任何人讲话，也不能触碰任何东西。人们的目光穿过你，身体也能穿过你。你会有什么感觉？”

茉莉安心里一疼。她根本用不着想象。去年圣诞节，经由虚空线路返回克罗庄园时，她就体验过这一切了。那里高朋满座，可除了奶奶，谁也看不见她，听不见她。她的爸爸甚至真的穿透她的身体走了过去。

“孤独，”她冷冷地说，“仿佛……毫无意义。”

“一点儿不错。就像隔着一块玻璃看着世界。然后有一天——突然之间，莫名其妙地——你有意义了。有人能看见你了。有了一个朋友，终于，有了真情。有了可以交流的人。真正的爱。这就是奇迹能与奇迹锻工的故事。”

“你刚才还说奇迹能是敌人。”茉莉安困惑地说。

“这实质上是一样的，”他说，平静的外表下掩藏着一丝不耐烦，“奇迹能对奇迹锻工的爱是……痴迷的，危险的。这种能量必须有地方可去。你没发现吗，克罗小姐？这一年来你有多少次差点儿就自己烧起来了。你知道我为了救你一命都做了些什么吗？”他大笑起来，“更不用提我给你的其他恩惠了。”

“恩惠？”茉莉安不敢相信自己听到的这个词。

“是的，恩惠。”他厉声说道，“给那个使流星镖的女孩儿和她的喽啰上了一课，让他们永远也忘不了的人是谁？把那只毫无用处、满口谎言的乌龟从你的路上除掉的人是谁？顺便说一句，不客气。”

似乎有什么沉重、可怖的东西压在了茉莉安的胸口上。“邪灵黑市，”她压低了声音，“也是你。”

他低下头，微微鞠了一躬：“叮咚——答对了！”

“阿尔菲，还有昂斯托得教授……是你绑架了他们，然后再卖掉，像卖掉动物一样。”

他翻了翻眼睛，望向天空。“天啊，不是。这听起来也太费劲了。我所做的只不过就是拉拉关系罢了。”他又晃了晃手指。“你一定会震惊于人们有多容易被操纵，哪怕是在你们那矫情的社团里也一样。看似坚不可摧的围墙之内，我也能找到一双甘愿效劳的手。不过，话说回来，我还是有诀窍的，那就是找到整个链条上最薄弱的一环。”

茉莉安皱起眉头。“奇迹社团里有人给你帮忙？是谁？”她问道。可斯考尔一声不吭，比画了一个“给嘴巴拉上拉链”的动作。

这太不堪了。就连巴兹·查尔顿也不会如此屈尊俯首啊。肯定不会。

她摇摇头，拒绝相信。

“哦，别做出这么厌恶的样子，”斯考尔说着，又向后倚住了栏杆，拧起眉毛，“也别表现得多不高兴似的。毕竟，我做这一切都是为了你。我承认，我的确认为你多少会有点儿感激我。”

“感激什么？”茉莉安厉声反问，“伤害别人不是帮我。”

斯考尔的嘴角向上扬起。“奇迹社团已经安逸太久了。我想让他们尝尝根基不稳的感觉。承认吧，克罗小姐，看着他们瑟瑟发抖，难道不是件令人开心的事？”他向前俯身，压低声音，“你喷火的时候，心里有没有小小的、黑暗的一部分，因为看到他们眼中的恐惧而愉悦？”

茉莉安没说话。她回忆起那天在傲立车站发生的事，想起了在她心里膨胀的那个怪物。理直气壮的愤怒像电流一样在她的血管里奔涌，并且将她变成了——只是一瞬间——整个奇团最强大的人。

她仍然可以看到站台上那些惊惧的面孔。她真的享受那一幕吗？茉莉安思忖着。在她心里，是不是真的有一小部分，喜欢那种引起他人恐慌，而不是自己害怕他人的念头？

她看向别处，拒绝回答斯考尔的问题。

“嗯，我想一定是那样的。”他的笑容好似豺狼，饥饿而危险。“很高兴我能让你看清真实的自己。不过我得承认，你就这么站在这儿跟我聊天，还是挺令人惊讶的。”他凝视着永泊镇上方无边的天际，继续说道，“我还以为你会干点儿什么英勇出格的事儿呢，毕竟你总把自己当作‘不能抛下朋友’的那类人。看来是我搞错了，真好啊。”

茉莉安挑起眉毛。“昂斯托得教授算不上朋友。”她说，“再说，潜行特勤已经出动搜寻了，他们用不着我帮忙。”

“我说的不是那位带壳的先生，”风把他那轻柔而饶有兴味的声音送到茉莉安的耳边，“我指的是被劫持的另外两位——催眠师和短期预言者。”

“卡当斯和兰伯斯。”她轻声道。

茉莉安觉得自己仿佛挨了一拳。

“你劫持了卡当斯和兰伯斯。”她放大了音量，“她们是我的朋友。你这么做怎么是在帮我？”

斯考尔无情地冷笑。“我才没做过那种事。不过，恐怕我那个奇团小傀儡——那双心甘情愿的手——略显贪心了些。有权有势的人——自由邦内外皆有——愿意付出任何代价去获得那些流失于奇团的、被浪费了的心法。她们俩的天赋可是非常有用的。而且，如果传言不虚，”他跺跺脚，继续说道，“今晚的拍卖会上将有四件拍品，都是人人趋之若鹜、极其渴望的。”他的声音里流露出一丝笑意。“说不定我自己也会出个价呢。我一直都想弄个天使放在圣诞树顶上。”

“卡希尔。”她轻声说道。但斯考尔似乎没听见。

茉莉安的双手攥成了拳头，却只是徒劳。她知道自己不能揍他。不能对他做任何事。因为他并不是真的在这里。

“你知道黑市在哪儿。”她极力地保持声音平稳，“你知道我的朋友在哪儿。告诉我。”

斯考尔偏了偏头：“唔，好啊。其实这正是我来这儿的原因。但是，别想白拿好处，咱们得做个交换。”

“你想要什么？”她咬牙切齿地问。

他耸耸肩：“我想要的自始至终都一样。就是教你。”

“我已经告诉过你了，我永远也不会加入你。你是个魔鬼，是杀人犯。”

“还有更庞大的魔鬼，”他的眼神闪烁着，“还有更庞大的危机。克罗小姐，我们共同的敌人是你所无法想象的。如果奇迹社团不放松对你的束缚，如果你无法自由地成长，如我所愿成为奇迹锻工……那么可怕的事情必将降临。你和我都逃不掉。”

茉莉安瞪着他，愣住了。共同的敌人？她只有一个敌人，就是他。

“现在该学习你的第三课了，”他接着说，“烈焰。”

她恼怒地摇摇头，心里有一种熟悉的、狂躁的愤怒在积聚。她感觉到了。“我的朋友需要帮助。我没时间学什么把戏！”

她得离开房顶。她得去找卡当斯和兰伯斯——赶在糟糕的事情发生之前。

“不行。”斯考尔低沉凶狠地说道。他两手一撑栏杆，故意往前冲了几步。茉莉安听见降神仪式的声音恢复了，却没有回头看。她不想把目光从他身上移开，一秒也不想。“我同意，你确实没时间了。聚集在你周围的奇迹能越来越急切了。它的量已经达到临界值。除非你能疏导它，给它一个目标，否则它将在你的身体里由内而外地燃烧起来。”他凝视着茉莉安，黑眼睛里映出她的模样。“不过，如果你觉得只是威胁到自己的生命还不够，那么我也很乐意再添上些筹码。”

他做了个微妙的手势，身后的人群应声而动，整齐得像一个人似的，向前走去。他们经过茉莉安，经过斯考尔，在栏杆前停下，肩挨着肩，冷冷地望着夜色。

这一幕让茉莉安想起了自己第一次来到丢卡利翁大饭店的情景。那是破晓期元日。新一纪的第一天。那是快乐的时刻，而令她惊讶的是庆典尾声：所有宾客竟然全都爬上栏杆，高举雨伞，从屋顶上一跃而下。跨出那一步真是太勇敢了！每个人都从十三层楼高的地方飘然而下，安然无恙。

斯考尔好像能看到她脑海中的一幕幕画面似的，飞速地挥动着双手。茉莉安猛地倒吸了一口冷气，她看见所有人双脚起跳，干净利落地落在了栏杆上。

斯考尔笑着转过身，问道：“你觉得他们带伞了吗？”

“住手——不要！霍桑，快下来！下来啊，朱庇特！”她冲过去拽住霍桑的手，然后是朱庇特的手，想把他们拽回房顶，可他们一动也不动。她转过身，愤怒而沮丧地面对着斯考尔：“为什么要这样！”

“我已经告诉过你了，”他说得这样轻，以至于她必须得走近几步，才能不让自己耳朵里呼呼的血流声盖过他的声音，“这是你做的。哪怕你是半个奇迹锻工，我都不可能像现在这样借用你的能力。你必须明白，你这些年来所缺失的控制力，正是我进入永泊镇的窗口；而教会你控制——哪怕教给你任何事——都是在关闭这个窗口，永远地关闭。但找乐子的时光已经结束了。我的长期计划更为重要，而且我也需要你活下去。”

“放了他们。”茉莉安重复道。她咬牙切齿，一字一顿，极力想使自己的惊恐有些愤怒的意味，双手也握成了拳头。

“我很乐意放了他们，”斯考尔低沉冷漠地说道，“我还会让你知道你的朋友在哪儿。我保证。但是首先，你必须疏导疏导那些过剩的奇迹能，用一些来学习烈焰，否则，你，还有他们……”他指了指栏杆上那些毫无意识、梦游般的受害者，“……还有短期预言者，还有催眠师，还有天使，还有教授，所有人都将在今夜有个不太愉快的结局。这取决于你，克罗小姐。”

茉莉安没有回答。她什么也说不出来。她的内心有一种沉甸甸的、炽热的感觉。她用手按着胸口，呼吸断断续续的。

“来了！”斯考尔突然指着她大叫起来。他的眼睛倏尔变得狂野。“来了，就是那种感觉！心中有火焰的感觉，愤怒与恐惧的火花的感觉。专注于它。感受它。内心闪烁摇曳的愤怒——这，就是烈焰！

“现在，闭上眼睛，想象自己的手探进胸膛。想象你的手指攥住了火苗，像笼子似的罩住了它。闭上眼睛。闭啊！”

茉莉安不情不愿地闭上了眼睛。她能在脑海中看到它：那并非仅是火花，而是一丛篝火；由内而外地燃烧着，钻进她的肺里，在她的喉咙里烧灼。是灰烬的味道。她摇了摇头，再次握紧了拳头。

“我做不到。”

“你做得到。”斯考尔坚持道，“你是奇迹锻工。你能控制这丛火。它的强弱取决于你的命令。它是像烛光一般温和，或是燃尽整座城镇的旺烈，必须由你来决定。”

茉莉安在自己的思绪中看见了。一束明亮的金色火焰在她的胸腔里燃烧着。她按照斯考尔说的那样，想象着，用手指握住它，控制它，轻轻地把它按下去。在茉莉安的想象里，火苗嗞嗞作响，火花闪着光从她的指缝间往外冒，就像一朵朵小小的烟花。她不禁缩了一下。

“如果你怕它，你就无法控制它。”斯考尔大叫，“你不是一只老鼠，茉莉安·克罗。你是一条龙。现在，睁开眼睛。瞄准。呼气。”

茉莉安照做了。热气随着她的呼吸喷涌而出，就像沙漠里刮过的一阵风。这不是那天在奇团站台上差点儿烧死海洛薇兹的狂野火球，而是茉莉安可以控制的东西。

就在那一刻，她知道该怎么做了。她知道奇迹能会服从自己。

茉莉安的目光落在一根黑色的锥形蜡烛上。她轻轻地吐出一缕细弱的火焰，目的明确，方向精准。火焰击中了目标。烛芯点燃了——随后，仿佛得到了什么信号似的，仿佛等到了茉莉安的允准似的，数百支蜡烛唰的一下全都亮了，整整齐齐，整个房顶笼罩在温暖摇曳的烛光里。

茉莉安笑了。出乎她自己的意料。

做成这件事的是她。不是他。

她转向斯考尔，火光映在他的黑眼睛里。尽管他没笑，但那冷酷而满意的神情是错不了的。

他开始哼起歌来，只是几个甜腻的音符，几乎听不出是哪首歌。但对茉莉安来说，这已经足够让她后背发凉了。鬼气森森的嚎叫声回应着音符，自黑暗中的某处幽幽传来。

“我照你说的做了，”茉莉安警惕地看着他，“交易达成了。告诉我吧，我的朋友在哪里。”

“唔，不行，”斯考尔说，“我说的是，我会让你知道，你的朋友在哪儿。我的确打算信守诺言。”斯考尔又做了个微妙的动作，栏杆上的人们往后一跳，落回了房顶上。他们转过身，面无表情地回到了之前仪式所在的位置，再次围成了一个圈。又一声嚎叫划破夜空。茉莉安觉得，这声音像是从下方很远的地方传来的，像是在楼下的街上。“咱们走吧？”他朝着房顶边缘歪歪头，好像打算就这么纵身一跃，然后直接飞到邪灵黑市似的。

茉莉安不可置信地干笑了一声：“你疯了吗？我是不会跟你去任何地方的。快告诉我卡当斯和兰伯斯在哪里。”

斯考尔微微摇头：“恐怕不行。”

嚎叫声又传来了。这次离得更近了，仿佛就在大饭店的前院。还有别的声音——马的嘶鸣声，马蹄踏在石头上的嗒嗒声。

“我不会跟你走的，”茉莉安说，“你以为我是傻子吗？”

“对，你就是傻子，会为了救朋友做蠢事的那种。”斯考尔的笑容里含着怜悯，“我会证实这一点的。”

他的左手随意地动了动，而后……

说时迟那时快，茉莉安甚至来不及思考。

霍桑突然从围成一圈的人群里跑了出来，向着房顶边缘全速冲了过去。

“霍桑！不要！”她尖叫起来。出于本能和恐惧，茉莉安想都没想就追了上去。她伸出手，抓住了霍桑的外套后襟；而这时，霍桑正猛地要往栏杆上跳。惯性向前猛拽，两个人一起飞跌出去。他们一直下坠，下坠，不停地下坠。茉莉安的惊叫被萧瑟的秋风捂住了，只余含混的声音。

II
叛徒

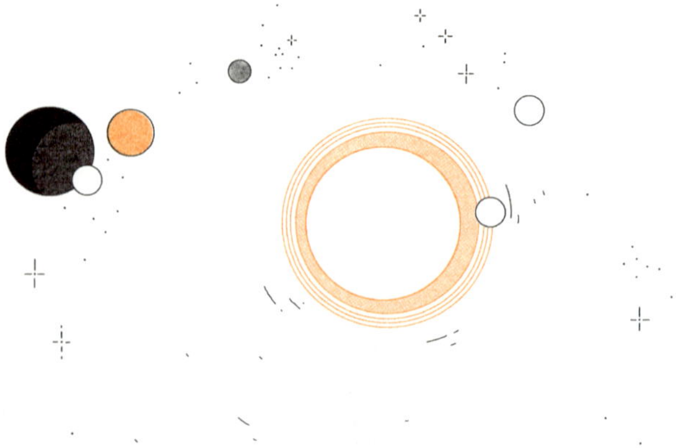

地面仿佛向上升起，迎向他们。

飞速下坠的时候，茉莉安仍然紧闭着眼睛，手上还抓着霍桑的外套，好像这样就能让两人幸免于难似的。她等待着撞击的时刻，等待着撞上前院地面时骨头碎裂的声音。

但这些都没有发生。

下方的黑暗中爆发出齐刷刷的嚎叫声、刺耳的马嘶声、马蹄的践踏声。茉莉安猛地睁开眼睛，正看见几百只暴怒的红眼睛向上瞪着自己，滚滚浓烟中，隐隐地露出了马、猎犬和追猎者的身影。

茉莉安和霍桑没有摔死。他们根本没有落地，甚至连一丝惯性都没感觉到。他们直接坠入了烟与影的追猎者组成的无形黑云中，都没碰着地面。茉莉安再次跨上了一匹阴翳烈马，飞速疾驰在仿若无人居住的街巷中，速度快得根本看不出要去哪里。她四处望望，瞥见霍桑正骑在旁边另一匹马的背上。茉莉安不知道他是否明白此时发生的一切，不知道他在傀儡状态下，还能不能感知到恐惧。

他们终于停下了，虽然浑身颤抖，但总归全须全尾地没有受伤。他们从马背上滑下来，总算又踩到了坚实的地面。笼罩着他们的黑雾浓云消散了，一座雄伟的石头建筑露了出来。在那高大的拱形入口处，石头上嵌着的几个大字，让茉莉安的心一下子沉了下去：

失窃时光博物馆

她弯下腰，把瘫在地上的霍桑搀起来，使劲儿地扶住他："你没事吧？"

"我想……没事吧。啊。"霍桑迷迷糊糊的，但看起来已经恢复了意识，"这……发生什么事了？这是哪儿啊？"

烟与影的追猎者向后退开，但并没有消失。它们就在附近，半藏半露，机警地注视着，红色的眼睛闪闪发光。茉莉安看看四周，寻找斯考尔的身影，不过看样子，这里只有他们俩。

茉莉安抬起头，望着博物馆。门开着，有声音从里面传出来。是笑声，交谈声，还有香槟酒杯碰撞的声音。"以斯拉·斯考尔上次带我来的就是这儿。我想，我们已经找到今晚邪灵黑市开市的地点了。"

霍桑怪怪地咳了一下："怎么？"

"是斯考尔。"茉莉安轻声说，"他去了

房顶，就在举行仪式的时候。你一点儿都不记得了？”

霍桑摇摇头：“我也不知道。我只记得我们站起来要走，还在笑。然后……就好像突然开始做梦了似的。有什么东西在我的脑袋里，像是个奇怪的声音，不过我感觉很平静。只是很想睡觉。”

“那就是他。你脑袋里的那个声音，就是斯考尔。”霍桑听到这些，脸色一下子变得煞白，但茉莉安继续说道，“他让你从房顶上往下跳。我想拦住你，却跟你一起掉下去了。然后烟与影的追猎者就把咱俩带到这儿来了。霍桑，邪灵黑市就在这幢建筑里，他们抓了卡当斯、兰伯斯，还有昂斯托得教授……这些全是斯考尔干的，他……”

“快离开这儿！”一个沙哑的、压低的声音突然传来，吓了他们一跳，“快走！”

一个孤零零的身影从博物馆里冒了出来，快步走下台阶，朝着他们来了。茉莉安抓起霍桑的胳膊就要跑，但霍桑拽住了她。

“我觉得那是米尔德梅，”他轻声说，接着又放大了一点儿音量，“米尔德梅！潜行特勤来了吗？他们有没有找到——”

“你们得赶紧走。”米尔德梅悄声说道。他一边抓着两个孩子的胳膊往外走，一边回过头朝博物馆大门里看。茉莉安虽然满心疑惑，却一下子放下心来。如果奇迹社团的人到了，那么就说明，援救已经开始了。他们靠近阴影时，米尔德梅停住了：“快走吧，离开这儿，马上走。”

“潜行特勤在里面吗？”茉莉安追问道，想越过他的肩膀看一看，“黑市关停了吗？他们说一有消息就会给朱庇特送信的……”

“克罗小姐，拜托了，你们必须马上离开这儿。你们根本不知道这儿有多危险。如果有人看见你，如果他知道你在这儿……”

“谁？”

“奇迹锻工。”米尔德梅急了，“你还不明白吗？他想把你引到这儿来，还想让我把你带过来，可是我……我做不到。我再也不想做这种事了。”

茉莉安的脑袋嗡嗡直响：“斯考尔想让你把我带来？为什么他会……什么意思？什么叫你再也不想……”

哦。

茉莉安张着嘴巴，愣住了。

奇团小傀儡。斯考尔是这么说的。心甘情愿的手。

“是你！是你一直在帮斯考尔干坏事！”

霍桑轻轻地吸了口气。米尔德梅则像生病了似的，满身大汗，脸色铁青，浑身发抖……但他没有否认。

“克罗小姐……请你，”他忍住呜咽，“请你务必相信我。我真的很抱歉，为我所……所起的作用……”他扭着两只手，前额皱得像条小狗。茉莉安觉得他可能真的很慌张。但是他是因为自己的所作所为而慌张吗？还是因为被人揭穿了？“我从没有……这都不是我的主意！是斯考尔，是他强迫我做的。”

他伸出手抓了抓头发，下巴哆哆嗦嗦的，眼睛里水汪汪的。

可这并没有让茉莉安生出怜悯，反而更加厌恶了。

“我很脆弱。”他继续说道，“我承认，我心里有怨言，有嫉妒。人人都知道我是团队里最弱的，最没劲的。地图小子，他们就这么叫我。”他的脸丑陋地扭曲着。“我想变得举足轻重，所以那个奇迹锻工来找我时，来向我寻求帮助时——我，所有人当中，他唯独选了我！——我便觉得找到了报复他们的办法。斯考尔是冬洋国最强大的人！他答应在他的帝国里给我一席之地，做他的肱股之臣——我怎么可能拒绝？”他顿了顿，又说，“一开始，我要做的只是传递一点儿零碎的信息，根本不知道有人会因此受到伤害啊。你一定要相信我。”

“什么样的信息？”

“罕见的心法。拥有它们的人。住在哪里，日常活动路线，诸如此类。他们什么时候会……”他的声音低了下去，小得快要听不见了，“什么时候会独自一人。”

“换句话说就是，绑架谁，以及怎么绑架。”茉莉安气得声音直发颤。

米尔德梅抓了抓后颈，仍然不敢看她。

霍桑怪异地喘着粗气，像要窒息了似的。他的下巴一直在动，牙齿咬紧了，又松开。茉莉安看得出来，他是在努力地克制自己的怒火。霍桑是她所认识的最忠诚的人。

“你把他们推到盗骨者那儿去，然后再把他们卖掉。”他冲着米尔德梅怒道，“你真让我恶心。”

米尔德梅看起来心烦意乱。“拜托，你们看不出来我是在帮你们吗？茉莉安，奇迹锻工让我也给你下圈套，可我拒绝了。我无法对你做出那样的事。你是我最优秀的学生。我拒绝再为他做事，所以才会守在这儿啊！我知道他肯定会把你引到今晚的邪灵黑市的，所以我就在外面等着，想拦住你。我不能让他们把你也卖了，我只是……”

“可你却让他们卖掉卡当斯！还有兰伯斯！”茉莉安叫道，随即又压低声音，苦涩地质问，“你怎么做得出来？”

年轻的教师啜泣着，眼神里满是哀求：“对不起。我解释不了。我只是……我讨厌被人排挤。克罗小姐，你也明白那是什么感觉，不是吗？格格不入，与众不同，我们在这一点上是相同的啊。你和我，我们——”

“茉莉安一点儿也不像你！”霍桑唾沫飞溅地反驳道，吓得米尔德梅往后缩了缩，“她绝不会背叛自己的朋友！”

米尔德梅颤抖着跪了下去，双手捂住了脸。四周近乎死寂，除了博物馆里传来交谈的嗡嗡絮语，就只有他静静的呜咽声。就这么过了一会儿，突然……

有人拍手。

“干得漂亮，亨利，”黑暗中传来柔柔的声音，“真是一出好戏啊。”

米尔德梅疯了似的跳起来，原地打转，想看看是谁在说话。他看到以斯拉·斯考尔走到灯光下，嘴角边挂着阴险的微笑，不由得瞪大了眼睛。斯考尔一个人的鼓掌声响彻了整条街巷。茉莉安发觉霍桑靠近了自己，指甲抠进了她的胳膊，呼吸也变得急促了。她突然意识到，因为霍桑不记得房顶上发生的事，所以这是他第一次真正地与奇迹锻工面对面相见。

“他是通过虚空线路来的。”茉莉安轻声对霍桑说。她眯起眼睛，看着那泄露了斯考尔秘密的微弱亮光环绕在他周围，努力地让自己的声音更勇敢些：“他碰不着咱们。”

“是啊，可这些大狼狗能碰到啊。”霍桑指了指，嘴唇都不敢动。仿佛要与之呼应似的，四周的阴影中传来了低沉的嚎叫声。茉莉安不禁哆嗦起来。

斯考尔低低地、温柔地吹了声口哨，猎犬便现身了。它们的皮毛黑得像沥青，眼睛红得像燃烧的木炭，把米尔德梅团团围住。年轻的教师左躲右闪，缩成一团。

斯考尔轻蔑地俯视着他。“亨利希望你相信他想救你，想让你免于被拍卖，但他其实很清楚，我把你带到这儿来，并不是想卖掉你，克罗小姐。亨利什么都知道。我安排这一切都是为了让你成为关停黑市的英雄，这样你就会成为所有人惧怕的奇迹锻工。你需要个契机，好开始使用你的天赋。”他再次提高了声调，“否则，你所积累的奇迹能就会像我一样不耐烦，就会夺走你的小命。”

茉莉安被这些尖刻刺耳的威胁吓坏了，她的心怦怦直跳，快要跳出喉咙了。

“茉莉安，求你了，”米尔德梅恳求道，他的眼睛凹下去了，通红通红的，“别听他的，快跑。马上离开。”

“哈，干得好啊，米尔德梅，实在太好了。”斯考尔尖声笑了起来，简直像个疯子，“克罗小姐，亨利是觉得，让你关掉邪灵黑市，这不符合他的利益。亲爱的小亨利，这笔收入可不算多啊，不是吗？永泊镇最富有的人，或最邪恶的人，你总得选一个。”斯考尔停了一下，转过身，直视着茉莉安，慢慢地说：“你明白我在说什么吗，克罗小姐？他——在——拖——延——你——的——时——间。他想把你拖住，直到拍卖会结束，因为卖掉你朋友的钱，他也有分成。每一笔都有。”

茉莉安仔细地看着米尔德梅。正如斯考尔所言，诡异的变化正在发生：她这个老师孩子气的满是泪痕的脸——痛苦扭曲着、哭得通红——松弛了下来。他用衬衫袖子擦了擦眼睛，夸张地吸了吸鼻子，换上了那熟悉的、略带羞涩的笑容。

这笑容完全就是米尔德梅式的，茉莉安想着，不禁后颈发凉，可又不完全是米尔德梅了。从某种层面上说，这完全就是个陌生人。

他咯咯笑着，看了看手表，耸了耸肩。

“好了，应该达到效果了。”他的声音又恢复了往日的那种热诚。“他们应该已经被卖掉了。多谢你给我们留出了时间，克罗小姐，你不愧是我最专注的学生。”他深深地鞠了一躬，脸上挂着笑意。

滚烫、愤怒的泪水刺痛了茱莉安的眼睛。她说不出话来，甚至连思考也不能继续。她龇着牙，像被激怒的奇状动物似的咆哮着，冲向米尔德梅，把他推倒在地上。

“叛徒！”她叫着，再次扑向他，也不管会不会有人听到。她甚至能感觉到愤怒在血管里沸腾、翻涌。霍桑赶过来，站在他们中间，想把她拉开。

“我应该提醒你，克罗小姐，这可不是你们奇团的那种傻瓜小测验，”斯考尔站得远远的，在阴影边缘踱来踱去，“这是真实的人生。如果你失败了，就会导致实实在在的结果。嘀嗒嘀嗒，计时开始。”

茱莉安重重地喘着粗气，看看趴在地上的米尔德梅，然后看看大睁着双眼的霍桑，最后又看了看失窃时光博物馆。里面嘀嘀咕咕的交谈声已经渐渐低落。是不是已经太晚了？“霍桑，我们走。”

“米尔德梅要溜了，”霍桑说，“我们得去找潜行特勤，然后……”

“我们必须先去找卡当斯、兰伯斯和其他人。”她低头看了看米尔德梅。他好像突然惊恐起来。幽长、低沉的嚎叫声回荡在空中，烟与影的追猎者从黑暗中浮现。

两个孩子跑了起来。跑到博物馆的台阶上时，茱莉安突然听到一声骇人的惨叫。她回过头看了一眼，只见黑暗之中，上百双红色的眼睛像炭火似的，灼灼燃烧。

“我会照顾好咱们的朋友亨利的，”斯考尔冷漠的声音在阴影中响起，“别担心。”

12

拍卖会

W

他们跨上台阶，冲进了博物馆的大厅。这里空空如也，只有一张摆满了各种面具的桌子——和上一次黑市拍卖一样。茉莉安顺手抓起一个尖叫的食尸鬼面具，迅速地戴到了自己的脑袋上。

“给你，”她轻声说着，递给霍桑一个闪闪发光的宫廷小丑面具，“戴上，快点儿。”

“你说他会不会出什么事啊？”咧着嘴笑的橡胶脸孔也遮不住霍桑声音里的紧张。

“谁？米尔德梅？”茉莉安问。她极力掩饰着，装作毫不关心他的命运——那曾经是她最喜欢的老师。她向后瞥了一眼敞开的大门：“不会有什么好事。”

他们循声穿过前厅，往主厅里走去。茉莉安很想直接冲过这个大厅，冲到下一间屋子。她觉得拍卖会肯定在那里举行，但她知道绝不能引起别人的注意。四周有不少戴着面具的来宾，喝着酒，说笑着，时不时停下来品鉴一下玻璃球，仿佛那是一件件艺术品。

尽管茉莉安比其他人要矮一头，可混进去却出乎意料的容易。霍桑则比较幸运，在刚刚过去的夏天里，他像野草似的疯长，肩膀比茉莉安记忆中的要宽很多——或许这都是因为长时间地驭龙骑行吧。他几乎和成年人差不多高了，这让茉莉安多少安心了些。

“这真是疯了。”霍桑透过面具轻声说道。他们尽可能慢、尽可能冷静地穿过前厅。“我是说，这些玻璃球，一旦你知道那里面是什么……反正就是……”

茉莉安恶心得说不出话来。那时候，她怎么没能立刻看出实情呢？有些玻璃球内部的场景细致宁静，很容易被误当成布景。可有些明显就是死亡和破坏的情景啊：一群大象朝着挤满小动物的水坑狂奔，掀起了阵阵尘土；一股巨浪袭来，即将吞噬整个村庄；泥泞不堪、鲜血四溅的战场中，炮弹纷飞。茉莉安不可思议地摇了摇头。

“真是杰作。”一个身穿燕尾服的胖男人端详着旁边的玻璃球，饶有兴味地说道。他戴着一张白色的、毫无表情的面具，就像是一个死人，“全是真的。你懂吧。那里面全都是真人。”

他敲敲玻璃，往里面看，好像在看动物园围栏里的动物。“在死亡来临的那一刻锁住他们。拍卖师是这么说的。多神奇啊。”

“唔，可不是嘛，真迷人。”跟他在一起的那个女人似乎不那么感兴趣，“你觉得他们能听到咱们说话吗？”

“好问题。”男人又敲了敲玻璃。一小撮人围了过来，往玻璃球里面看。“我说，里面的几位，死人先生，你们能听见我说话吗？能听见就眨一次眼，不能就眨两次。”人们哄堂大笑，好像这是什么特别有趣的话似的。

“你的意思，应该是濒死吧。”那个女人咯咯笑了起来，声音很刺耳，“肯定没有彻底死掉嘛。这是关键！”

茉莉安觉得胃里一阵翻腾。霍桑一直拽着她的胳膊，她也就一直跟着往前走，双眼坚定地直视着，不去看玻璃球里的情景。但当他们终于走到主厅门口时，茉莉安还是忍不住，回过头看了一眼。

那是个年轻的男孩儿，大概十六七岁，身上穿着锦缎外套，脚上踩着黑色长靴。他正骑着一匹马，走在铺着鹅卵石的街上。马或许是受惊了，向后仰起身子，眼白都露出来了。男孩儿也很害怕。他已经被甩下马鞍了，正要摔到石头路面上。这样的角度，这样的速度，任谁都看得出来……

茉莉安咽了口唾沫，努力地把眼泪憋回去。

她实在受不了了。这一切丑恶和不公——失窃时光博物馆，米尔德梅的背叛，以及邪灵黑市——她都忍受不了了。茉莉安觉得自己的身体里有一头狂野的怪物，撕扯着要往外钻。斯考尔的话再次在她脑海中响起：你不是一只老鼠，茉莉安·克罗。你是一条龙。

她想做些什么来帮助那些命悬一线的人，她想让米尔德梅受到正义的审判，她想释放，想将这个地方的恐怖一扫而空，她还想让那些戴着面具大笑的蠢货闭嘴。可她不得不忍下来，不得不把自己的怒火狠狠地压住。

“卡当斯和兰伯斯，”她轻声对自己说，“你是来救朋友的。不要分心。”

茉莉安闭上眼睛，想象着把手伸进自己的胸膛，拢住那丛火焰，轻轻地按下去，降低它的热度。只是一点点。

博物馆里这些迷途中的灵魂，暂且等一等吧。

第二个大厅要大得多。他们一走进去，霍桑就倒吸了口冷气。他连忙一阵咳嗽遮掩了过去，同时悄悄地指了指天花板。茉莉安抬头一看，吓得头皮直发麻。

大厅的布置完全是为了凸显待售的“拍品”。“拍品”都放在高高的台子上，好让买家可以看个清楚，也让他们难以逃跑。茉莉安视线所及之处，唯一可以降下高台的方法，就是由沉重链条和滑轮组成的装置，而每一组装置旁边都守着戴着骷髅面具的大块头保安。

像阿尔菲和他的水箱一样，这里的每一位受害者也都成了荒诞展览的主角，独一无二的心法遭到了讽刺和愚弄。尽里面的是昂斯托得教授，他被锁在一座巨大钟表的分针上。目前，分针的位置在差五分钟整点上，所以他几乎是头朝下倒立着的。茉莉安不知道他被抓来多久了，被绑在钟面上转了多少圈，血液一直往他的头部和背部倒冲，这得多难受啊。他还能忍受多久？

卡当斯所在的高台在他们的右侧。她穿着飘逸的电光紫色的衣服，浑身戴满了沉甸甸的金首饰，旁边还有一盏巨大的、金色的灯。茉莉安眨了眨眼睛，实在不明白这是什么意思。

“呃，他们是想把她打扮成一个魔仆吧？”霍桑厌恶地说，“他们是不是以为催眠师就像魔仆？满足别人的愿望，但是别人要听他们的命令。他们显然从来没见过卡当斯。”

茉莉安突然发觉，不知从什么时候开始，霍桑也渐渐地可以记住卡当斯了。是有什么变化了吗？是因为那门“催眠术辨识”真的起作用了？还是因为他和卡当斯终于成了——姑且算是——朋友？

霍桑伸长脖子，看了看四周。“呀！看，上边！是他吗？朱庇特一直在找的那个人？”

几乎就在他们的正上方，有一位天使（是“神灵”，茉莉安暗自纠正自己）正悬在半空。然而，再凑近些看，就会发现，他的翅膀是被绳子绑住的。他吊在天花板上，两翼被强制展开到最大限度，双手捆在背后。他四周悬着些钓鱼线，线上挂着胶合板剪成的假云朵，上面覆着棉球，就像一出拙劣话剧的布景。

茉莉安眨了眨眼睛：这不是卡希尔。虽然她不知道卡希尔什么模样，却知道这不是他。

因为这是伊斯拉斐尔。

她摇摇头：现在可不是仔细思量的时候。

“他们绑住了卡当斯的手，”霍桑皱着眉说，“还把她的嘴也封上了。这是为了不让她使用催眠术吗？”

应该就是这样。茉莉安发现伊斯拉斐尔的嘴巴也被封住了——阻止他唱歌。

人们从昂斯托得所在的高台往大厅的另一边挪动，兰伯斯就在那里。她坐在高台中央的宝座上，戴着一顶精致的金色王冠，但这王冠对她来说实在是太大了。她睁大眼睛看着下方出价的人，双手紧抓着宝座的扶手，仿佛在这满是鲨鱼的海洋中，那就是她仅有的浮木。她轻声地念着什么，一遍又一遍。

茉莉安眯起眼睛，想分辨出她到底在说什么。是在祷告吗？还是在乞求帮助？她的心像是被攥了一下似的：可怜的、弱小的、吓坏了的兰伯斯啊。

“请过来吧，女士们，先生们，都过来吧。”拍卖师喊道。他的声音传遍了大厅，快活又慈祥——可他同时也戴着一副狼头面具。

兰伯斯重复地念着那几句话，声音越来越大，情态也愈发惶恐。茉莉安现在能分辨出那几个词了。

“召唤。死亡。冻结。燃烧。飞。”兰伯斯在宝座上哆嗦着，不停地念叨着，一遍接着一遍，“召唤。死亡。冻结。燃烧。飞。”

霍桑皱起眉头：“这是什么意思啊？”

“在竞拍最后一件拍品之前，请允许我再次感谢诸位光临我们简陋的小型拍卖会。你们是我们所能邀请到的最差劲、最富有的人，正是基于这两条，你们的到来才使这里蓬荜生辉。”这蹩脚的笑话引起了一阵哄堂大笑和长时间的掌声。茉莉安感觉到霍桑抓住了自己的胳膊，也不知道他这是在告诉她不要轻举妄动，还是在阻止他自己。

“最后一件。”她轻声对他说道，只觉得胸口一阵发紧，“所以其他人已经卖掉了。”的确如此，卡当斯所在的高台正在下降，保安们正在绞动巨大的金属链条。

恐惧，犹如一只巨大冰冷的手，攫住了茉莉安的心。他们该怎么办？他们能怎么办？如果冲过去救卡当斯，他们就会暴露自己的身份，兰伯斯就只能认命。要是想先救兰伯斯呢——好吧，就算他们真能够得到那么高的高台——再折回去救卡当斯，也还是来不及。而且，还有昂斯托得呢，他怎么办？伊斯拉斐尔怎么办？

茉莉安从来不曾如此无助。斯考尔安排了这一出大戏，把她置于这种可怕的两难境地，就是因为，他希望她使用奇迹能。可她那微不足道的本领，在这个地方又能派上什么用场？她能召唤奇迹能。天啊，还能点亮几根蜡烛呢。然而，制服查尔顿五人组的，是斯考尔；把小华姿猫变成巨大猛兽的，也是斯考尔。她茉莉安能做什么？

你能召唤奇迹能，她对自己说，你做得到。就从这个开始。

“破晓期之子，快乐又温婉。”她轻轻地唱了起来，声音飘忽不定。霍桑猛地转过身，惊慌地看着她。“阑夜期之子，邪恶又野蛮……”

“茉莉安？”

“嘘！”茉莉安闭上了眼睛。没有回应。她感觉不到。怎么不起作用了呢？“破晓期之子，伴随黎明而来。”

戴着狼头面具的拍卖师正在和众人寒暄：“我知道，为了这一件拍品，诸位已经耐心地等待了许久，大笔可观的脏钱都要把钱袋子烧出个洞了……”

“阑夜期之子，掀起暴雨狂风。”

“……那么，咱们就开始吧。请允许我向诸位介绍我们邪灵黑市史上最令人期待的拍品：兰米亚·伯沙利·阿玛蒂·拉公主殿下。”

茉莉安不唱了。霍桑则整个人呆住了。

什么公主？

“作为东歌邦拉族皇室的一员，女王陛下的孙女，兰米亚公主是王位的第四顺位继承人。拉族皇室发现其继承人是短期预言者，便将她送到奇迹社团，师从我们那些时髦的朋友进行学习。”说到这里时，人群中发出了阵阵讥笑。“他们这样做，乃是对执政党冬洋党的背叛。而据我们的耳目汇报，冬洋党似乎一直认为小公主兰米亚健康状况堪忧，长期卧床不起。阿玛女王颇有魄力，收买了穷村子里的流浪儿，让她假扮成自己的孙女，在王宫里晃悠了好几年！”

茉莉安简直不敢相信自己听到的一切。兰伯斯不是自由邦的公民。她和自己一样，来自冬洋国的四个邦之一。她根本不该出现在这里！而且，她竟然是一位公主！

“这么一说，她还真有点儿像个贵族。”霍桑嘀咕道。

“嘘！”

茉莉安的爸爸就是冬洋党的一员，所以她对这个政党的面目多少有些了解。如果真的是这样——兰伯斯真的是东歌邦皇室成员，真的违犯了冬洋党的法律而偷渡离开——那么她的处境要比他们想象的危险得多。冬洋国的人甚至都不知道自由邦的存在——不准知道。

“你要去哪里，晨曦的男孩儿？”茉莉安继续唱了起来。她浑身抖得厉害，连歌词都唱不清楚了。

拍卖师的话印证了她的怀疑：“如果冬洋党发现了这件事，那么拉族皇室可就要遭殃了。”他模仿着被砍掉脑袋的样子，人群中便爆出一阵大笑。“在冬洋国，叛国罪是要处以极刑的。于是，这件拍品也就更有价值了……种种可能，不可估量啊，诸位。”

“咱们必须得做点儿什么，”霍桑急了，“转移他们的注意，或者，呃，别的什么……茉莉安，快想办法啊！”

但是茉莉安没有理睬他。“与太阳同升，和风轻暖。”她紧紧地闭着眼睛，想把拍卖师、霍桑，以及讨厌的人群摒绝在外，好集中注意力去感知四周的空气。“你要去哪里，夜晚的……”

她停住了。有效果了。它来了。

最初非常微弱，只是空气的微微抖动。指尖只有一点点刺痒。

随后，当她睁开眼睛，整个世界仿佛变得金光灿灿，犹如笼罩在阳光之中。

“一旦你拥有了兰米亚公主这极其稀有的心法，”拍卖师邪恶地笑着，继续说道，“你就可以让她的家人来把她赎回去，或是把她监禁起来，敲诈勒索，也可以把她卖给冬洋党，看着拉族皇室玩儿完！女士们，先生们，随你想干什么都行啊。不过，我们的起拍价很高。就从一万五千克莱开始吧。一万五千克莱，有人出价吗？”

这次的感觉和之前不同。茉莉安把奇迹能召唤到这里时，那种原始能量尽在掌控的感觉很快就消失了，取而代之的是完全的失控。她并不知道，召唤来奇迹能之后该怎么办，可奇迹能知道。不但知道，而且还有了变化。

这不是之前的那种奇迹能。它变成无缝的了。

聚集在她四周的奇迹能与她的意图完全一致，完全贴合。今晚发生的一切——这一整年发生的一切——都让她怒不可遏。而这种愤怒，终于成了奇迹能渴望的目标。茉莉安想起米尔德梅的贪婪和背叛，想起玛蒂尔德·拉辰斯用死亡囚禁他人的残忍，想起以斯拉·斯考尔——他像操纵提线木偶似的，一直控制着她，设计了这噩梦般的一夜，让她去想办法了结。她还想到了那些不经意的恶意——但终归还是一种邪恶——有些人竟然认为自己有权利买卖心法，买卖生命。

距离她最近的那个玻璃球碎了，里面的内容物声势浩大地涌进了大厅。

是开车兜风的那些男孩儿。他们失控地冲了出来，惊恐地大叫着，撞上了另一只玻璃球。

拍卖师和竞价者们还没闹明白发生了什么，第二只玻璃球里面的悲剧一幕就全洒在了地板上——一艘船在暴风雨中颠簸摇曳，闪电击中了海面，船员们惊慌无措。船撞得粉碎，又打翻了第三只玻璃球，被蜂群包围的女人跑了出来。接着是第四只——雪崩震落的岩石砸向小木屋的屋顶。而后是第五只，第六只……

茉莉安就这样引发了多米诺骨牌效应。她很快意识到，这些千钧一发的悲剧场景，其实比包裹着它们的玻璃球大很多，一旦挣脱束缚，就迅速地增大扩张，彼此融合，混乱嘈杂地溢满了整个大厅。那头受惊的大象把人群冲开，分成两半，那条大白鲨扑腾着跃出了玻璃监牢，引起阵阵刺耳的大叫。

参加拍卖会的宾客们四处逃窜，寻找着藏身之所，可骚乱仍然不见停歇。玻璃球一个接一个地爆裂——愤怒的暴徒，决斗的现场，激烈的战场——全都泼洒而出。

茉莉安瞪大了眼睛，看着这恐怖的一幕瞬间铺展。

她都干了些什么？

她只是想转移人们的注意力。她只是想救下她的朋友们，想让玻璃球里的人重获自由，在宁静中安息。可这并不是打掩护，是疯狂的灾难。现在，她还怎么去救兰伯斯和卡当斯呢？她连靠近她们都做不到，甚至连自己都无法全身而退。

“茉莉安！”

霍桑冲过来抓住了她。可这时，旁边的玻璃球裂开了，汹涌巨浪劈头盖脸地冲了出来，茉莉安这辈子都没见过这么可怕的东西。两个好朋友紧紧地抱在一起，什么也做不了，只能呆呆地盯着上方的水墙，等着它呼啸而下——不可能逃得掉。

就在这一刻，一切似乎都……静止了。

震耳欲聋的尖叫声，动物奔逃的号叫声，翻腾涌动的流水声……全都陷入了死一般的寂静。悬在他们头顶的海啸水墙放慢了速度，几乎凝固了。茉莉安只能听见自己的心跳声和霍桑急促的呼吸声。

大厅对面传来了虚弱的、夹杂着气喘的声音：“快走！我……控时……不能……太久。”

13

举世无双的歌者

被绑在钟面上的昂斯托得教授，远远地直视着茉莉安，慢慢地、意味深长地眨了眨亮亮的小眼睛。

故技重施。他放慢了时间。就像一个宇宙巨人，用手指按住了地球这颗行星，将它固定在运行轨道上，让它失去了正常的速度。

这是几天之内茉莉安第二次目睹昂斯托得施展他的非凡心法。但是这一次……这一次却好像有些奇怪。

上一次，书本、纸页、墙上的钟，包括米尔德梅和茉莉安，都随着时间一起静止了。

可这一次，茉莉安似乎没有受到时间减慢的影响，一直抓着她的霍桑也没有，而他们四周的混乱却静止了。海浪弯曲着凝固在他们头顶之上，一道白色的闪电发出刺眼的光，正要劈向一棵巨大冷杉的中央，也悬在了半空。视线所及之处，到处都是戴着面具、身着华服的人，他们动弹不得，被困在凝固静止的灾难场景中。有一座冰山，几乎有屋顶那么高，即将崩塌砸向附近的一切。所有失窃的时光，在这一刻都成了冰封的巨大布景，犹如庞杂的巨大雪球。

“这是怎么回事？”霍桑叫道。他的声音在宽大寂静的大厅里回荡。他的呼吸实在太急促了，茉莉安以为他快要喘不过来气了。“是你吗？是你让他们停下的？是因为你？”

“不是我。”茉莉安突然想起，在万圣之夜的匆忙混乱中，她竟然忘记把奇龟教授前一天的所作所为告诉霍桑了，“是昂斯托得教授。是他的心法。”

霍桑似乎理所当然地接受了这个说法。

“那我们该怎么救他们呢？”他跳起来，开始行动。他拽着茉莉安，从高悬的巨浪底下钻出来，在挤挤挨挨、想要逃跑却被凝固住的宾客中左躲右闪，挤出一条路来。“我可以顺着链子爬上去救兰伯斯，你可以去帮卡当斯，然后——”

“不行！”茉莉安停住了，“不对，等一下。”

她的脑海中跳出了兰伯斯说过的那几个词。

召唤。死亡。冻结。燃烧。飞。

她并不是因为害怕才胡乱念叨的。茉莉安早该想到这一点。兰伯斯思绪的雷达已经调整了频率，她描述的是她所看到的短期未来，这种种奇异场面，她只能用她可以理解的方式表达出来。

召唤。茉莉安召唤了奇迹能。

死亡。所有人都无限接近死亡。以无数种方式，重复循环无数次。

冻结。昂斯托得冻结了时间。

那么，剩下的两个词是——

“燃烧。”她轻声道，“飞。”

再次大声地说出这两个词，茉莉安瞬间清醒，一切都明朗起来了。她知道该怎么做了。因为她的下一步行动，已经被兰伯斯这个短期预言者提前说出来了。

“霍桑，”她说，“你去帮卡当斯。她的台子离地面不远，你爬上去，给她松绑，然后立刻带她离开这儿。就沿着咱们来时的路线，从这座博物馆出去。能跑多远就跑多远。”

霍桑摇了摇头：“可是，你会一起走吧，对吧？”

“我得先去帮伊斯拉斐尔。没时间解释了。”她看见霍桑脸上露出固执的神情，便更强势地说道，“去呀！去救卡当斯！昂斯托得没法儿一直拖住时间。”

“那兰伯斯怎么办？还有昂斯托得呢？”

“我会去救他们的。你快去。”

尽管疑虑重重，霍桑还是转过身，以最快的速度穿过重重凝固的灾难场景，朝着卡当斯跑去。

茉莉安抬起头，看了看伊斯拉斐尔。他被吊在高高的半空中，绳子穿过他的双翅，在肩胛骨中间打了个结。

第四步，燃烧。

她做得到。在斯考尔深夜造访房顶之前，茉莉安根本不相信这一点。但是现在她明白了，奇迹能一直与她同在。它愿意帮她。

她闭上眼睛，想象着身体里面的能量在释放火花，并且在胸前燃成了火苗。现在已经没有时间左思右想了，没有时间去担心能不能奏效了。担心是种奢侈品，她没有。茉莉安的信念越来越强，闪烁的火光越来越亮，她睁开眼睛，吐出了火焰。

火舌的精准度实在让人振奋，与力量源泉合而为一的感觉太棒了。捆住伊斯拉斐尔翅膀的绳子就像她预想的那样，被烧断了。但伊斯拉斐尔并没有掉下来，而是仍然悬在半空，因为昂斯托得教授的心法对他也起了作用。初战告捷让茉莉安浑身热血沸腾，信心大增，她又瞄准了捆住他手腕的绳子。不知怎么回事，简直像奇迹一般，火苗又按照她的意图，烧断了绳子，甚至都没碰到伊斯拉斐尔的皮肤。

时间不多了。茉莉安感觉到空气中一阵震颤，仿佛时间本身也在颤抖。昂斯托得控制不了太久了。

"伊斯拉斐尔！"她用清晰响亮的声音喊道。她知道天使能听到、看到四周发生的一切，因为在昂斯托得的教室里被凝固住的时候，她也可以。世界静止了，身体冻结了，可思维并不会受到影响。"听我说。时间很快就会恢复流动。我需要你飞到兰伯斯——兰米亚公主——那里，带她离开这儿。"她指了指兰伯斯所在的高台。当然，伊斯拉斐尔没有回答，但茉莉安能肯定，他听懂了。他那双棕色的眼睛正凝视着她呢。

这时，身后传来呼哧呼哧的声音。是霍桑回来了，半是拽半是抱地拖着雕像一样的卡当斯。

“我不是告诉你了吗，直接走……”

她僵住了。冰山移动发出的可怖嘎吱声攫住了她。那声音就像预示着世界末日一般。时间开始恢复，一开始很慢，但速度在加快。

“快走啊！”茉莉安冲着霍桑叫道。

“不行！”霍桑不肯，“我们不能把你一个人扔在这儿，笨蛋！”

卡当斯正慢慢地恢复。她原地晃了几下，差点儿把霍桑撞倒。但霍桑及时地扶住了她。

空中传来拍打翅膀的声音：伊斯拉斐尔也动起来了。他华丽优雅地飞向空中，按照之前的约定，径直朝着兰伯斯飞去。

“霍桑，快走！”茉莉安坚持道，“卡当斯，快和他一起离开这儿！我知道自己在干什么。我会随后赶上你们的，我保证。”

霍桑瞪着他，紧咬住嘴唇，脸色煞白，最后还是不情愿地点了点头，然后和卡当斯一起朝着门厅跑去。

茉莉安撒谎了。当然。她并不知道自己在干什么。

可是，她必须尽力试一试。老迈年高的昂斯托得教授——尽管他看不起茉莉安，却还是用尽最后一丝力气止住了时间，救了她和她的朋友，她怎么能把他扔在这儿不管?

“我来帮你了。”她冲着他喊道。混乱的灾难场景重新动了起来，而她正努力地想从中找出一条路。如果能够着控制昂斯托得高台的铰链……呃，然后呢？她也不知道。

茱莉安尖叫起来。那棵被闪电击中的树在她面前轰然倾倒，差一点儿就要砸到她的脑袋，而且刚好把昂斯托得所在的另一边屋子堵得严严实实。

奇龟教授虚弱得连头都抬不起来了。他仰起脸看着她，刻满皱纹、粗糙干涩的嘴巴里只吐出了一个字："跑。"

茱莉安摇摇头，大脑飞速地运转着，肯定有办法救他。必须想出办法！

昂斯托得教授微微点头，他的体力一分一秒地消耗着，马上就要耗尽了。

"快走！"他命令她，"跑啊！"

茱莉安的心沉了下去，绝望的泪水刺痛了眼睛。没有办法了。这就是昂斯托得生命的终点了，他自己心知肚明，而且绝不愿意拖累她。是他在救她啊。

理解与释然的目光在他们之间传递。茱莉安转过身，跑了起来。她穿过主厅里末日般的大混乱，俯下身子奔跑，就像一只逃离怪兽巢穴的小老鼠。冲过前厅，冲出入口，冲进清冷、黑暗的夜色里，她没停下来，一直跑，一直跑过了一整个街区，和躲在那里歇口气的霍桑、卡当斯会合。还有一小部分参加拍卖会的宾客也逃了出来，他们四散开来，融入了街巷的黑暗中。

茱莉安回头遥望那座博物馆。她知道那里包裹着巨大的危险和灾难，但奇怪的是，从外面看不到一丝一毫。她思忖着，不知要过多久，那些混乱才会自我消化，那些玻璃球里的人才能最终得以安息。

彼此错愕的沉默，被拍打翅膀的声音打破了。伊斯拉斐尔轻盈地落在茉莉安身旁，怀里抱着兰伯斯——她抖个不停，但总归是安然无恙的。

“谢谢你。”茉莉安快要喘不过气来了，“我们还得……叫潜行特勤来。你能帮忙吗？”

“你们得离开这儿。”伊斯拉斐尔说。霍桑和卡当斯吃了一惊。伊斯拉斐尔的声音和茉莉安记忆中的一样：像对某种遗失之物的回忆。他黑色翅膀上的金色血管反射着博物馆里的灯光，就像会发光似的。他似乎已经精疲力尽了。茉莉安想起了跨年夜在老德尔菲安音乐厅时，朱庇特说过的话：像伊斯拉斐尔这样的人会吸收他人的情绪。“别走散了。直接回丢卡利翁大饭店去。还有，听我的话，这很重要——跑的时候，一定要捂住耳朵。用手压在耳朵上，尽可能用力、尽可能紧地压住。至少跑过三个街区才能松手。明白了吗？”

孩子们不明就里，但还是点点头，答应了。

他们转过身跑起来，而茉莉安看着前面的三个伙伴，不知为什么停下了。

可以就这样离开吗？失窃时光博物馆即将土崩瓦解。上百种不同的死亡场景正像多米诺骨牌一般，一个接一个地倾覆，而这一切都包裹在它神奇的墙壁之内。里面的那些宾客——他们都是坏心眼的人，她知道，可是……他们真的就活该以这种方式送命吗？陷入别人的灾难场景中，在疯狂的混乱中遭受灭顶之灾？她是不是应该做些什么？

还有，昂斯托得教授呢？在过去的几个月里，他一直在苛责她，告诉她奇迹锻工有多邪恶……可他却为了她和她的朋友，牺牲了自己。他做出了最后的选择：救了一位奇迹锻工，而不是自己。

“茉莉安·克罗。”她转过身，看见伊斯拉斐尔盘旋在半空，翅膀缓慢而有节奏地挥动着。他的目光是严苛的，但他俯瞰她的那双眼睛里，却充满了善意……和别的什么。那是一种赤裸裸的困惑——茉莉安几乎每天都会有的感觉，似乎在这一刻得到了深深的共鸣。“今晚你救了我。我欠你个人情。”他看了她一会儿，嘴巴抿成了一条线。茉莉安觉得他肯定还想说些什么，却不知道该不该说……或许，是找不到合适的词来表达。伊斯拉斐尔长长地一叹：“你最好别跟奇团的人提起这件事。你本来不该帮我的。”

茉莉安不知道该怎么回答。

“那样会把事情搞得更复杂，明白吗？”他意味深长地看着她，又加了一句，“对你和我都不好。”

茉莉安并不明白，但伊斯拉斐尔已经飞起来了，朝着灯光勾勒出的博物馆飞去。玻璃破碎的声音响起，又有一只玻璃球爆开了。橙色的巨大火球腾起，但随后又被更大的波涛扑灭。一缕缕浓烟像魔鬼似的从窗子里钻了出来，微弱的叫喊声遥遥可闻，茉莉安不禁汗毛倒竖。

“你要做什么？”她冲着天使喊道。眼泪积聚，喉咙发紧，她的声音变粗了。他要回到博物馆里面去吗？他会不会也被那些狂乱的灾难缠住？“要去救他们吗？”

“不。”他说，“已经救不了了。”他那低沉悲悯的声音随着风儿送到她的耳中，触动了她心里一小块不知名的地方，甚至她自己都不曾知晓它的存在。

“那你是要……”

“回家去。”他命令道。

茉莉安听见已经跑到了街巷另一边的霍桑、卡当斯和兰伯斯正在喊她的名字。她捂住耳朵，转过身跑起来，却又一次莫名地停住了。

她看见天使伊斯拉斐尔落在博物馆前的台阶上，门厅里透出的灯光勾勒出他的轮廓，远远的，暗暗的。他站在那儿，一动不动，站了好一阵子。茉莉安不知道他要做什么，但后来……她想起来了。

举世无双的歌者。

她想起了朱庇特的话。那天夜晚，在老德尔菲安音乐厅时，他告诉她的。

“它会带给你完美的、不间断的平静。”朱庇特当时说，“孤独和悲伤都已是遥远的回忆。你的心会充盈满溢，你会觉得，这个世界再也不会让你失望了。”

他救不了他们。

他只能为他们歌唱。

朱庇特警告过她，不要听伊斯拉斐尔唱歌。她知道自己不该听。

可是，这样的机会，错过了还会再有吗？

茉莉安把手从耳朵上松开了。朋友们在唤她的名字，巨浪滔天、炮火隆隆，远处的警笛声渐渐靠近……在这一切声音之外，她听见了——第一次听见了天使伊斯拉斐尔那甜美、圣洁的天籁之音。

只有一个瞬间。只有一个音符。

当茉莉安再次回忆听到这个音符时的感受——几天之后，几个星期之后，或是几年之后——她都会想起冬日暖阳般的温度，以及被不曾谋面的妈妈抱在怀里的感觉。她会想起这种愉悦的、深入骨髓的肯定，那就是，她从未伤害过任何生灵。他人也不曾真正伤害过她。没有人能伤害她。她会想起雨后泥土的芬香……

还有接下来发生的事：鹅卵石上纷杂的脚步声，捂住她的耳朵、隔绝一切声音的有力双手，仰起脸时望见的那双大大的、蓝色的眼睛，乱糟糟的金色头发……以及重回人间、知道自己会安然着陆的那种苦乐参半的感觉。

— 14 —

关闭窗口

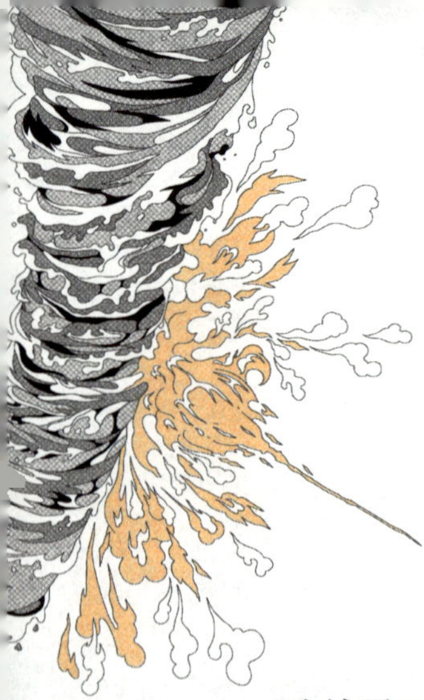

“逮捕了五个人。几个无聊的土豪和一个狡猾的政客。”朱庇特叹了口气，“逃脱了不少。而且糟糕的是，他们是趁着大混乱跑的，像蟑螂似的钻缝溜了。而被问到的那些人呢，当然都说自己只是为了找刺激才去的。谁也不承认自己参与过竞价。”

朱庇特往长沙发上一躺。吸烟室的墙壁上正散发出柔和的黄油柠檬香氛（门上贴的表格说，这种香氛可以提升精神的敏锐度，激发对生活的热情），让茉莉安脑袋里的一团迷雾渐渐地散开了。经历了昨夜的一番无情摧毁之后，她的“对生活的热情”可能需要重建和调整。眼下，她唯一的“热情”就是盯着墙壁发呆，要么就是一碗一碗地吞下鸡汤水饺。

朱庇特使劲儿地吸了一口柠檬香氛，疲倦地揉了揉眼睛。他先是把霍桑、兰伯斯和卡当斯挨个儿送回家，然后把茉莉安送回丢卡利翁大饭店，紧接着就直接返回现场，参与潜行特勤的调查。现在已经是第二天的中午，可他还没合过眼。

当时，在饭店房顶上，他从恍惚中惊醒，一阵头晕眼花之后，发现茉莉安和霍桑不见了，于是立刻断定这和邪灵黑市有关。他召集了能找到的所有人——探险家联盟的同事们，自己团队的成员们，还有芬内斯塔、弗兰克、凯吉瑞、钱达夫人、玛莎、查理、杰克——协助警察和潜行特勤到那些最黑暗、最危险、最隐秘的地方去搜查。可一切都是徒劳……最后，还是潜行特勤收到了神秘的匿名消息，他们才在这座城镇已经废弃无人的一片区域，找到了藏匿于凌乱暗巷间的失窃时光博物馆。

没人知道通风报信的是谁，而茉莉安也不打算告诉他们，那很可能就是斯考尔。

她站起来，给朱庇特倒了些茶。“不过，那些被抓起来的人，会被关进监狱吧，是吗？”她问。

朱庇特高兴地接过了茉莉安递给他的茶。茉莉安缩在对面的扶手椅里，怀里抱了个靠垫。“没办法起诉他们啊，小茉。没有任何不法行为的证据，也没有任何钱款易手的记录。黑市交易是非法的，可我们并没有找到任何实质交易的证据，尤其是，那座博物馆已经毁了。那些人都说他们还以为那是个宴会。”朱庇特恼怒地哼了一声，“真是讨厌死了！”

“那米尔德梅呢？”

“唔，一样讨厌。”他做了个鬼脸，“不见了。凭空消失了。谁也不知道去哪儿找。”

“烟与影的追猎者。”茉莉安简单地提了一句。她已经说过自己对此次事件的观点了，不过，至于朱庇特会挑出多少来和潜行特勤讨论，可就不得而知了。“你觉得它们会不会……”她说不下去了，甚至不知道该说什么。把他害死了？把他逐出永泊镇了？

“或许吧。”朱庇特回避了她话语中的模棱两可。“不过我们同样没有发现任何证据可以表明……”他落下话音，喝了口茶。“所以，谁知道呢。或许只是溜走了。如果他够聪明——想必我们都觉得他挺聪明的，毕竟愚弄了那么多人啊——那么他现在肯定已经跑远了，而且不会停留。别担心，小茉。潜行特勤不会放弃的。他们早晚会抓住他，让他回来受审。”

茉莉安沉默了一会儿。“我挺喜欢他的。我是说以前……你懂吧。”

“我懂。”

“他是我最喜欢的老师。”

“二选一罢了。”朱庇特一语中的，“不过，是啊，我明白。”

他默默地喝着茶，一整杯都快喝完了，而茉莉安也努力地把自己的思绪理顺了。

“他对我很和气，”她终于说道，“米尔德梅。他很有趣，上课也很有意思，让我觉得自己也有擅长的东西。昂斯托得教授……他不喜欢我。他挺吓人的，一整年都是，我都觉得自己也很吓人了。”她用力地咽了口唾沫。“可是，开设邪灵黑市的人是米尔德梅。他背叛了我们所有人。而昂斯托得教授救了我的命。”

朱庇特静静地听着。

“我没法儿……没法儿把这些事情搭起来。”茉莉安看着他，皱着眉头。她不知道该怎么表达自己的意思。但朱庇特点点头，鼓励她说下去。“第二件事不能改变第一件事。米尔德梅如此，昂斯托得也是如此。”

“我不知道该怎么跟你讲，小茉，”朱庇特叹了口气，“有些人是勇敢的恶霸，有些人是友善的懦夫。”

“最后可没那么友好，不是吗？”茉莉安想起米尔德梅被揭露时只是毫不在乎地耸耸肩膀，还有那羞怯的淡淡笑意。你不愧是我最专注的学生。“讨厌死了。”

朱庇特站起来，开始踱步。他捏着自己的鼻梁说：“我不明白的是，斯考尔是怎么安排操纵这一切的呢？他都不能进入永泊镇啊。你确定他是经由虚空线路来的吗？”

“确定。”茉莉安说，“我告诉你了，米尔德梅给他帮忙了。”

“安排邪灵黑市是可以的，但是……你说的那些，米尔德梅办不到啊。房顶上的催眠傀儡把戏，当时米尔德梅不是不在吗？”

“是不在。”茉莉安想起了斯考尔说的话，心头不由得揪紧了。她咽了口唾沫：“朱庇特，那是……是因为我。斯考尔说我……给他开了个窗口。”

朱庇特停住了：“窗口？”

“进入永泊镇的窗口。”茉莉安说得更明确了些，“他说，因为我不知道怎么使用奇迹能，所有奇迹能就都聚在我周围，无处可去。它们的能量特别明亮，只要轻轻一碰，就能穿透虚空线路。于是他就这样借助我来操控奇迹能。第一次邪灵黑市里的那只华姿猫崽变大了，就是这么回事。是我。唔……是他利用我。房顶上的催眠傀儡把戏也是这样，还有……”茉莉安顿住了。她没跟朱庇特说过海洛薇兹朝她扔流星镖的事。但还没等她说下去，朱庇特就先哀叹起来。

“真蠢啊，”他倒回沙发里，双手捂住脸，声音听起来嗡嗡嗡的，“真蠢啊，大傻瓜。”

“谁？斯考尔？”

“不。是我。我明明看见了。”他的脸涨红了，胡乱地指了指茉莉安，“你。奇迹能。临界点。我看见它们在你身边越聚越多——有时候亮得我得过滤掉，要不然看着你我会被闪瞎的。”

茉莉安的眼睛瞪得溜圆：“你能看见？”对她来说，朱庇特身为见证者的天赋，其深度与广度仍然是个谜。

“是的，我能看见。可我却视而不见，没有采取任何行动。”他叹口气，直视着她，额头都拧起来了。“我还以为这对年轻的奇迹锻工来说很正常！小茉，请你相信我，我完全不知道会发生这些事。我不知道斯考尔会……”

“我知道你不知道！”茉莉安打断他，“别瞎说了。这不是你的错啊。”

“这是我的错，至少，部分是。我本来应该意识到你所处的险境。我本来应该想到斯考尔会竭尽所能地钻空子。我忙了好几

个月，关注点都在卡希尔、帕克西姆·勒克和阿尔菲·斯旺身上。可我明明应该更关注眼前发生的事啊。”

“卡希尔！”茉莉安坐直了，“我把他给忘了！他怎么样了？帕克西姆·勒克呢？”

“潜行特勤查到了帕克西姆的线索，并且一直追踪到了边境另一边的冬洋国……这可要严格保密啊！至于卡希尔，”朱庇特耸耸肩，似乎很是困惑，“我真的一点儿头绪都没有。我已经越权调动了探险家联盟的各种资源，涉及的领域也超出了联盟的范畴。我们现在已经把案子移交给天体观测团了。他们虽然不像我们能跑得很远，但可以观测天空啊。他们会跟我一直保持联系的。”

“那你觉得，这和斯考尔或邪灵黑市有关系吗？”

朱庇特没有马上回答。他坐在那儿，盯着地板，吸着柠檬香氛。

“没有，”他最终说道，“不，我认为两者之间没有关联。”

“伊斯拉斐尔着急吗？”茉莉安问，“他们俩是好朋友吗？”

“事实上，卡希尔不是任何人的朋友。”朱庇特猛吸一口气，像是刚刚醒过来似的，挺直身子继续之前的谈话。“我不明白的是，斯考尔为何表现得如此克制？如果你真的给了他一扇通向永泊镇的窗口，他可以通过你施展他的本事，那么他完全可以操纵你做任何事啊！各种可怕的罪行，或者……或者离开永泊镇！”他突然警觉地睁大眼睛，“他现在在什么地方？为什么会放你走呢？”

这些问题，茉莉安已经想了一整个上午：“他说了些好笑的话。”

“好玩儿还是……”

“……好诡异。他说我和他有共同的敌人。”她皱着眉头，努力回忆着斯考尔的原话。“他说我必须‘自由地成长’，如他所愿成为奇迹锻工。因为……‘可怕的事情必将降临’。他教会我使用自己的能力，就相当于在关闭这个窗口，因为他的‘长期计划更为重要’。他还说他‘需要我活下去’。”

“小茉，”朱庇特紧张地说，“他是在跟你玩儿心理游戏。他想让你相信，有可怕的敌人正伺机而动，让你相信他能帮你。他是在吓唬你，这样他就能利用你的恐惧控制你。”

“我知道。”茉莉安没想到自己会如此笃定。她靠在扶手椅里晃来晃去，两只脚搭在一侧。“但虚空线路的窗口，这个是不是真的呢？也许我应该学学正确地使用奇迹能，好让他不再利用我进出永泊镇？”

朱庇特没说话，但茉莉安看得出，他一下子兴奋起来了，眼睛里闪着某种新的冲动。

“朱庇特？”她期待地问。

他跳起来：“拿上你的伞。”

直到他们来到傲立楼，朱庇特才把他的计划和盘托出。茉莉安听了，心里满是厌恶和恐惧，而这种感觉就和去年参加表演选拔赛，或是在阑夜期终结夜等死，或是把手伸进满是毒蛇的桶里差不多。

朱庇特咣咣咣地敲响了助教办公室的门。他没等里面的人应声，就直接走了进去。

屋里只有一张办公桌，迪尔伯恩女士站在那后面。茉莉安跟着朱庇特小心翼翼地走了几步，极力想躲开助教的目光。

“我想和穆加特罗伊德太太谈谈。”

迪尔伯恩瞪着他，眨眨眼睛：“什么？”

“穆加特罗伊德。我要跟她谈谈。就现在。”茉莉安看见朱庇特下巴上的肌肉紧绷着，他努力维系的彬彬有礼已经即将消退。“是紧急事件。”

“是吗！毫无疑问，你可以看到，”迪尔伯恩冷冰冰地说，“她不在。”

“穆——加——特——罗——伊——德！”朱庇特盯着她的眼睛又说了一遍，“哎呦喂！穆加特罗伊德！我知道你在！快出来！我有急事得跟你说说！”

茉莉安哆嗦了一下。他在干什么？找死吗？

“诺斯队长，你胆子可真大啊，”迪尔伯恩退后几步，咬牙切齿地说，“要是你以为我或者她会回应你的——”

“我已经坦陈我所以为的了。”朱庇特提高了嗓门，惹得几个从门口经过的社团成员投来了好奇的目光。“一整年了，你一直在我的学员的教育问题上玩弄权术。你毫无根据的恐惧给茉莉安造成了很大的伤害，你将她以及奇迹社团其他成员置于危险之中，事情的严重程度是你无法想象的。你破坏了资助人和助教之间应有的信任。从现在开始，我将更密切地关注茉莉安的教育和课业。穆加特罗伊德，出来！”

“别……玛里斯，不要……”

迪尔伯恩的脸可怕地扭曲着，脖子不自然地扭动着，手指蜷起来了，肌肉剧烈地颤抖着。

茉莉安听见了骨骼爆裂扭转的嘎吱声，很奇异，不过现在她已经不陌生了。接着，骇人的穆加特罗伊德赫然出现在他们面前。她咧开皴裂发紫的嘴巴，不知是在笑还是在威胁。她眯起凹陷的灰色眼睛，瞪着朱庇特。

“真没礼貌，”这位奥术学院的助教咕噜咕噜地咆哮道，“你到底想干什么？”

朱庇特没有一点儿迟疑：“你说过茉莉安应该分到你们学院。在长老院那天，你说我们都辜负了她。”

穆加特罗伊德噘着嘴唇，露出怀疑的神色：“我说过吗？”

“你说过。”朱庇特说，“你说必须有人教她使用奇迹能邪术。你说得对。在这里，在奇迹社团，必须有人教茉莉安使用奇迹能邪术，不然她就要从更危险的地方学了。”朱庇特意味深长地看着她：“你明白我的意思。”

“这么说，他回来了。”穆加特罗伊德打断他，径直朝着茉莉安发问，“斯考尔。他来了，是吗？”

茉莉安眨眨眼睛，本能地想躲开穆加特罗伊德那直接、阴郁的目光。她先看了看朱庇特，见他点点头，才敢回答。

“呃……是。”

“教了你一些小把戏，是吗？”

“是……是的。”

听到这些，穆加特罗伊德既不惊讶，也不害怕。她咬着锋利的棕色牙齿，咝咝地吸气。“就知道会这样。听说你关停了邪灵黑市。想必在那过程中你也学了些不太好的玩意儿。”这听起来像是一种指责，茉莉安有些生气，但这位助教却颇为赞赏地点了点头，“做得好。”

“呃……谢谢。”

穆加特罗伊德叹了口气，冷笑着看了一眼通向傲立楼的房门。“警告过他们了，对吧？三个老笨蛋。我一开始就说了，想把那样的东西压下去，完全就是自找麻烦。就像给爆竹桶安上个盖子。危险啊。”

“那么，你会接受她吧？”朱庇特追问道，“你知道她不该属于迪尔伯恩的分院。她应该和我们在一起，属于奥术学院。”

茉莉安心里一阵恐慌。她知道朱庇特想给自己最好的教育，但他真的觉得这是个好主意吗？迪尔伯恩当助教就够糟的了，穆加特罗伊德只能比她更糟——全宇宙都同意这一点。

然而，和恐惧相伴而来的，是另一种微妙的情愫。是为自己辩护的小小背景音：本来嘛，奇迹锻工，哪里平凡了？

助教似乎在考虑：“唔……她并不完全属于奥术学院，不是吗？”

“但她也的确不属于凡尘学院。”朱庇特直白地说。

“才不是呢。”穆加特罗伊德冷哼一声，用挑剔评判的目光看着茉莉安。她凑近了些——比茉莉安预想的还要近——用令人不安的刺耳声音说道：“格蕾戈利亚·奎恩以为可以把你藏在这些神圣的厅堂中，以为这样就可以不让你变成自由邦的难题，不会变成奇迹社团必须除掉的又一个麻烦。我早就告诉她了，那个傻瓜——放爆竹，最安全的就是四敞大开。”

奇迹社团必须除掉的又一个麻烦。又是这种话。茉莉安憎恶这种暗示。她没回答，只是死死地盯着助教的脸，眼睛一眨不眨。

“唔，”穆加特罗伊德果断地点点头，“那就这么说定吧。这小东西归我管了。”

茉莉安不知道自己该作何感想，但朱庇特长长地舒了口气，整个身体都放松下来了。

“多谢你，助教。”他说。

穆加特罗伊德漫不经心地挥了挥那干巴巴的手，把他们打发出去了。走到走廊里时，茉莉安听见助教像女巫似的，叽里咕噜地自言自语：“哦哟！小杜要啐我了。”

15

最终测试

第二天早上，奇团所有成员都被召集到了傲立楼后面的精致花园。奎恩长老、萨加长老和黄长老站在露台上，神色严峻。

“现在，诸位都已经听说了奇迹社团德高望重的成员、最年长的教职人员海明威·Q. 昂斯托得教授离世的沉痛消息。”奎恩长老冲着话筒说道，她的声音清晰地传遍了整个花园，“昂斯托得教授英勇顽抗罪恶势力，直至壮烈牺牲，这值得我们所有人的感激与敬意。说到这里，我相信在场诸位俱已知晓，邪灵黑市的存在、覆灭的假象、绑架社团成员这一令人发指的罪行，全部出自我们内部人员之手。”

花园里泛起一片低沉、愤怒的低语。

可以肯定地说，没有人会原谅米尔德梅的罪行。至少，茉莉安和她的朋友们不会。他跟烟与影的追猎者待在一块儿没准儿还安全些。

919 团的成员们从家庭专列下来就直接到了这里，彼此挨着，站在一起。大家围着茉莉安和霍桑问个不停，万圣夜发生的种种故事讲了十几遍，偶尔有些情节还有人想多听听。茉莉安自然而然地略过了关于以斯拉·斯考尔的部分，让成员们相信，一切都是米尔德梅自己干的。

欢悦小姐紧紧地守着孩子们。连续两天，她都絮絮叨叨地围着卡当斯和兰伯斯转，当然，还有茉莉安和霍桑。卡当斯做出一副很不耐烦的样子，但茉莉安知道，她肯定暗地里乐开了花。即便是现在，这位列车长也紧跟在大家后面，张着双臂，像鸡妈妈似的守护着她的团队。

然而，兰伯斯却一直一语不发，没跟任何人讲过一个字，而且似乎比以前更不合群了。茉莉安不知道兰伯斯是怎么想的。她希望“兰米亚公主”放心，她和霍桑、卡当斯会帮她保守秘密的。茉莉安想好了，一有机会单独相处，她就会把这件事告诉兰伯斯。

奎恩长老继续说道：“我想对诸位说的是，很多很多年之前，奇迹社团中曾有一名成员使众人蒙羞。我向你们保证，那个叛徒——他罪恶的名字不值得我说出口——必将被找到，必将认罪受审。这是我的承诺。

“明天下午，我们将在长老院举行追悼会，与我们勇敢的朋友、同事昂斯托得教授告别。所有愿意表达一份敬意的成员都可以参加。此外，必须提及的，还有我们的两位初级学员……”

就在这时，茉莉安的注意力突然飘走了：有人往她手里塞了一张纸条。她转过身想看看是谁，可人群拥挤，密不透风，只能看见身后很远的地方有件袍子一晃，就不见了。

纸条是叠起来的，外层写着她的名字。

“……表现出了勇敢无畏和足智多谋，不愧为奇团成员，他们……”

“在说咱俩呢，”霍桑轻声对茉莉安说，“勇敢无畏，足智多谋。她忘了说讨人喜欢和英俊貌美。”

但茉莉安的注意力已经不在奎恩长老的讲话上了。她打开纸条，双手颤抖着，把上面的内容读了两遍。

茉莉安·奥德尔·克罗：

我们一直保守着919团的秘密，

但你自己也有个危险的秘密。

在钟声落下报时之前，向在场所有人坦承，你是个奇迹锻工。

否则我们将揭发冬洋国叛逃者兰米亚·伯沙利·阿玛蒂·拉公主的事。

将其告知奇迹社团，

以及全世界。

茉莉安的心怦怦直跳，大脑飞速地运转着。

那些勒索信根本不是针对她！信里威胁要揭发的秘密，不是她的秘密。是兰伯斯的！

茉莉安心里沉甸甸的，肚子里难受得直翻腾。为了保护她，919 团的每一个人都照着勒索者的要求做了——虽然真的不愿意。

现在，轮到她了。她闭上眼睛，强忍着愤怒和恐惧，比以往任何时候都更坚定地想要揪出幕后黑手。他们别想逃掉。

“快去呀，茉莉安。”欢悦小姐鼓励似的捏了捏她的肩膀，轻轻地把她往前推了一下。

“啊？什么？”

“奎恩长老叫你呢。你和霍桑。”茉莉安抬起头，看见列车长朝着自己露出了大大的、暖心的微笑，可她却笑不出来，没法儿回应她。“去吧，神游的小家伙，上去吧。”

她跟在霍桑后面，穿过人群，一路走上白色的大理石台阶——长老们就在上面的露台上，笑着看着他们。茉莉安觉得自己身体里仿佛有什么东西扭动着，变黑了——这就像一趟死亡之旅。血涌上了她的脸，耳朵里嗡嗡作响。

当他们走到长老们身边时，傲立楼的钟刚好开始报时。九点了。钟会敲响九次。茉莉安飞速地思考着。

钟响第一次。

露台下方，穿着黑色斗篷的人们扬起双手，长时间地大声欢呼起来。霍桑向他们招招手，红着脸扭过头，冲着茉莉安咧开嘴笑了。

他把她往前推了推，还以为她的迟疑是因为害羞。

“去呀，”他说，“这是你应得的。”

钟响第二次。

刚刚阴郁的气氛，这么快就变成了欢庆。而这欢庆是因为她——她和霍桑。她看见了人群中的朱庇特，他一脸自豪，快要哭出来了。茉莉安的嘴巴一阵发干：她怎么能毁掉这一幕呢？

还不只是毁掉大家欢庆的心情。茉莉安想，是毁掉一切。在奇团好好生活和学习的机会，她自己的，还有整个社团的，全都会毁掉。

钟响第三次。

年初时奎恩长老说过的话仍然回荡在她的脑海里：

“如果有任何人做了有损信任的事……那么你们九个人将共同面临除名的后果。终生不得回归奇团。”

她马上就要毁掉自己的生活。还要搭上另外八个伙伴的。

钟响第四次。

她的团队永远不会原谅她。而当社团里的其他人发现了她的真实身份，他们也会憎恨她。他们会抡起火把和干草叉把她赶出总部的。

钟响第五次。

可是……兰伯斯。茉莉安的脑海中突然跳出一幅画面：吓坏了的兰米亚公主，缩在“宝座”上，即将被拍卖；拍卖师说到她的家族叛国时，说到一旦事情暴露，冬洋党会如何处置他们时，她脸上流露出了惊恐。

钟响第六次。

她在记忆中再次看见了那个戴着狼头面具的拍卖师，再次听到了他那快活、和气的声音："在冬洋国，叛国罪是要处以极刑的。"她的胃里一阵翻腾。

钟响第七次。

这里的所有人，都是家人。一生忠诚，这是奇迹社团的承诺。但米尔德梅违背了这一承诺。奇团里很舒适，这是个假象。这里是安全的避风港，所有人都会彼此保护，不好的事情永远不会发生——从很久以前开始，茉莉安就不再这么认为了。兰伯斯在这里并不安全——如果她的秘密被泄露了。她想起了昂斯托得教授。他拼尽了最后一丝力气，救了他们。

保守自己的秘密，泄露朋友的秘密，茉莉安还有可能独善其身吗？

没有别的办法了。

茉莉安的手颤抖着，攥紧了那张纸条。

钟响第八次。

掌声渐渐平息，奎恩长老再次走到了话筒前面。"这两个孩子，"她说，"表现得非常出色，他们的所作所为完全体现了我们的价值观……"

"我是奇迹锻工。"茉莉安的声音压过了长老的声音。

钟响第九次。

报时了。

她听见霍桑发出了一声轻轻的、压抑的惊叹。为了让所有人都听到，让勒索者听个清清楚楚，茉莉安大声叫了起来：“我是奇迹锻工！”

这个清晨似乎就此静止了。

人群中突然传出了模模糊糊的笑声。接着又是笑声。一阵轻轻的笑声掠过了整个花园，还零星地爆出了几句喃喃自语，然后笑声便落下去了，就好像所有人都获得了笑的许可，觉得她的宣言好笑，却又不知道为什么好笑。

当大家意识到情况不对劲时，寂静再次笼罩下来。

茉莉安没说“骗到你们了！”，长老们也没说这是闹着玩儿的。

“这不可能！”人群后方有谁大喊。大家渐渐意识到这不是在开玩笑，意识到长老们真的把这危险人物安置在社团之内，便纷纷附和起来。谁也不想相信。“她撒谎！”

茉莉安看着她的团队成员们。他们的神情，或震惊而茫然，或愤怒而红涨。在几乎静止的人群中，她望见一个颀长的身影一边推开别人，一边朝着露台冲了过来。朱庇特似乎很害怕，但也很凶，好像他已经先于众人一步，知道有什么不好的事情要发生了。这让茉莉安更恐惧了。

但奎恩长老抬起手，拦住了他。朱庇特停在台阶下面，戒备地看了长老们一会儿，然后好像明白了什么。他眼睛里的恐惧一扫而空，取而代之的是茉莉安读不懂的神情。

“好了，”奎恩长老的声音在公共广播系统中传递着，“女士们，先生们，看来，今天我们有另一个庆祝的理由了。”

茉莉安觉得自己的大脑就要打结了。她张了张嘴，又闭上了，眨巴着眼睛看着这位瘦小的女士。另一个庆祝的理由？奎恩长老知道自己在说什么吗？

“919 团通过了第五次，也是最后一次选拔赛。”她满意地微笑着宣布道，“诸位肯定都很清楚地记得，第一学年结束时，你们自己的忠诚选拔赛。当然，每个团队的测试形式是不同的，但主题永远只有一个，那就是：考验你们能否信守誓言。”

下面有几个人露出了了然、放心的表情。茉莉安看见 919 团的成员们也理解了奎恩长老的话。她扭头看看身旁的霍桑，只见他的嘴巴还大大地张着。

“这标志着，919 团的全部选拔赛结束了。所以，让我们欢迎他们——再一次，并且带着更深切的骄傲——正式加入奇迹社团。919 团，在这一年里，你们在面对种种危险和困难时表现出的忠诚，将利泽你们的余生。你们一生都将是姐妹兄弟。这并非因为你们发过誓，而是因为你们用行动证明了誓言。”

大家仍然很困惑，不太确定茉莉安突然蹦出这么句奇怪的话，是开玩笑，还是考试的一部分，抑或是眼前这个女孩儿真的是一百多年来第一位加入奇迹社团的奇迹锻工——继以斯拉·斯考尔之后的第一位。茉莉安看着他们的困惑变成了警觉、怀疑、大笑，或愤怒。什么都有。显然，谁也不知道究竟该作何感想。

“萨加长老、黄长老和我想提醒诸位，尽管社团拥有培养多样性人才——甚至是有些危险的人才——的悠久历史，但我们绝不会邀请堕落腐化的团队加入我们的行列。诚然，克罗小姐关停了邪灵黑市，救助了奇迹社团的两位成员，已经证明她是一股善意的力量——是一个有用、有趣、有益的人。我们很乐意将她视作我们中的一员。她或许是奇迹锻工，但从今往后，她是我们的奇迹锻工。”

奎恩长老的担保只得到了一种回应：冷淡、忧虑的沉默。

“我还要提醒你们，”她继续说道，声音有点儿激动，“你们的誓言并非仅涉及各自的团队，而是包含所有成员——男女老幼，共同构成了奇团的每一个人。茉莉安·克罗的真实身份仍然是奇团内部的秘密，希望诸位都能信守诺言，对外保密。请记住：姐妹兄弟，一生忠诚。”

所有人整齐划一地答道：“同心同德，其利断金。”

奎恩长老点点头，似乎很满意。

“好了，那么，接下来，”她招招手，示意 919 团的其他成员也到露台上去，“请我们最年轻的学员上前来——从这边走，快点儿——在 919 团这一里程碑式的时刻，诚邀诸位一起祝贺他们。”

花园里的气氛仍然算不上“庆祝”，但长老发话了，而且目光严厉地看着，大家便只好勉强地拍了拍手。

零星的掌声之后，人们便四散离开，但他们全都意味深长地看了看茉莉安。

一番波折之后，茉莉安还是蒙的。霍桑似乎也没缓过来，叽叽咕咕地发出怪声，也不知道是在生气还是在逗趣。

大家都走了，只有919团的学员们留下了。庆祝典礼一结束，欢悦小姐就冲上楼梯，一个一个地拥抱了他们，然后就跑回家庭专列去了。那些到场的资助人也收获了暖心的握手和祝贺。朱庇特在茉莉安面前做出一副开心的样子，但他离开时向长老们投去的炽热目光，却没能逃过她的眼睛。

孩子们笨拙而尴尬地挤在露台上，没有人想去上课，也没有人知道该说些什么。

“我真不明白，”萨蒂亚终于开口了，“他们寄勒索信给我们，叫我们保守茉莉安的秘密，却又让她自己把秘密说出来，这到底是为什么呢？这种把戏也太恶劣了。”

“这是个测验啊，萨蒂亚。”马希尔说。

“我知道这是个测验，”萨蒂亚学着他的语气说，“我的意思是……就是觉得……这太……”

“刻薄？”卡当斯说。

“对！”萨蒂亚叫道，“就是太刻薄了！对我们所有人都是，对茉莉安尤其刻薄！”

大家全都惊讶地抬起了头，茉莉安也不例外，甚至差点儿咬到舌头。霍桑的确是咬着舌头了，不过他用一阵咳嗽掩饰过去了。

“那上面说了什么，茉莉安，”阿占好奇地皱着眉头，朝茉莉安手里的字条努了努嘴，“让你愿意把自己的秘密说出来？”

茉莉安像要保护什么似的，紧紧地攥住那张字条：“我……我不能告诉你们。”

马希尔大笑起来：“什么？你这是什么意思？”

“就是不能说。”

“别犯蠢——”

“是关于我的，对吗？”兰伯斯的声音从后面传来。她向前走了几步，神色悲怆，却很坚定。大家都静下来了。“奎恩长老说，我们整个团队都通过了忠诚选拔赛。她说得不对。我没通过。

“你们所做的选择，都是把兄弟姐妹放在首位，我却选了不诚实。你们一开始以为，要保守的只是茉莉安一个人的秘密，我没说什么。我告诉自己，事实就是如此，可是……在内心深处，我一直在想……那会不会指的是，我的秘密。”

“什么秘密啊，兰伯斯？”阿占和气地问道。

她深深地、稳稳地吸了一口气。“我的名字不是兰伯斯·阿玛拉，是……兰米亚·伯沙利·阿玛蒂·拉公主。我是拉族皇室的一员，来自东歌邦丝域地区。”她停了一下，看了看愣住的朋友们，“兰米，叫我兰米就好。”

这太奇怪了，茉莉安看着她优雅而从容地坦陈忏悔，不禁想道，兰伯斯是他们当中最矮小的一个，可这一刻，却像是有十英尺高似的。这是一种真真正正的高贵。

“东歌邦。”萨蒂亚的脸红一块白一块的，“你是从冬洋国来的？”

“是的。”

“你是间谍吗？”

霍桑翻了翻眼睛，哼了一声：“弗朗西斯，她不是间谍，是公主啊。”

“那也可能既是公主，又是间谍呀！我姑姑说，冬洋党往永泊镇派了好多间谍呢。要不然她干吗要来这儿呢？”

“哎呀，醒醒吧！”

“我不是间谍，”兰米说，“我的家族送我来这里，是为了让我学习使用自己的心法。我以前总是因为这个心法头疼、生病。加入奇团之后，我已经学会更好地处理未来幻象了。

“可是……他们真不该送我来这儿。”兰米的眼睛红了，声音也哽咽起来，“冬洋国公民越过边境进入自由邦，这是非法的。我们甚至都不该知道自由邦的存在。如果被冬洋党发现了，我的整个家族都会被抓进监狱，或者……更糟。更可怕。”她颤抖着说：“我奶奶告诉我，必须保守秘密，否则所有人就要大祸临头。可我实在不会骗人，所以只好尽量不跟你们讲话。对不起。”

“我们不会告诉任何人的。”茉莉安挨个儿看着自己团队的成员，“这是只属于我们的秘密。同意吗，姐妹兄弟？”

“一生忠诚。”大家坚定地异口同声说道。

兰米吸了吸鼻子，如释重负，又有点儿不知所措。她张了张嘴，正要说什么，这时——

“劳驾，”下面的花园里传来冷冰冰的声音，迪尔伯恩站在那儿，瞪着他们，“想必装病逃课的诸位，其实都有课要上，对吧？”

九名学员急匆匆地进了傲立楼，穿过大厅，来到铜球吊舱那里，准备到各自的教室去。

茉莉安磨蹭了一会儿，故意扯了扯制服，扯得又平又直。

霍桑扬起眉毛：“好啦。那就……祝你好运！”

“谢谢。”她摸了摸新衬衫的白色袖口，有些紧张，又有些兴奋，“那就……午饭时见？”

“行啊。”他说着钻进了去往肢体应用系的吊舱，“别忘了多记些笔记。我倒想看看有多怪。还有，看看你能不能让穆加特罗伊德再次变成那个冰冻玩意儿！很酷！”舱门关上了。他咧开嘴笑着，仰起脸，冲着门缝大喊：“是不是呀？很酷！”

茉莉安哼了一声。她转过身，去找卡当斯和兰米。她们正在吊舱边扶着门等她。

“一起来吗？还是怎么着？”卡当斯问。茉莉安跳进吊舱，拉动拉杆，那上面的标签写着：地下六层，奥术学院。

致谢

感谢，感谢，还是感谢。感谢童书行业最棒的出版机构——阿歇特童书，阿歇特澳大利亚及新西兰，以及立特·布朗童书。感谢你们富有创造力的辛勤工作，以及为这部书付出的体贴与喜悦。再也没有比你们更棒的出版团队了。

我要特别感谢编辑们的才华与指教。他们是：海伦·托马斯，阿尔文娜·凌，苏珊·奥沙利文，萨曼莎·斯文顿，科瑞恩·卡兰德。

作者梦寐以求的公关梦幻团队——阿西利·巴顿，多米·金斯顿，塔尼亚·麦肯齐－库克，凯瑟琳·迈克阿纳尼，艾米·多步森——感谢你们把这些我的胡言乱语变成了意想不到的乐趣。

非常感谢路易丝·舍温－斯塔克，希拉里·墨里·希尔，梅根·廷利，梅尔·温德尔，露丝·奥泰，菲奥娜·哈泽德，凯蒂·卡特尔，露西·厄普顿，尼古拉·古德，菲奥娜·埃文斯，艾莉森·帕德利，海伦·休斯，凯瑟琳·福克斯，雷切尔·格雷夫斯，安德鲁·辛克莱，安德鲁·卡塔那奇，安德鲁·科恩，卡特琳·墨菲，克里斯·塞姆斯，丹尼尔·皮尔金顿，海利·纽，伊莎贝尔·史塔司，让马里·莫洛辛，贾斯汀·莱克特里夫，凯特·弗拉德，凯拉·Keira Lykourentzos，彭妮·埃弗利谢德，莎拉·霍姆斯，肖恩·

库彻，索菲·梅菲尔德，艾米丽·普罗斯特，詹妮弗·麦克莱兰－史密斯，瓦莱利·王，维多利亚·斯泰普尔顿，米歇尔·坎贝尔，珍·格雷厄姆，维吉尼亚·劳泽，萨纱·伊林沃思，卢吉亚·达乌德，艾莉森·肖克史密斯，阿希礼·理查兹，萨夏·博格利，苏西·马多克斯－凯恩。

感谢比阿特丽斯·卡斯特罗和吉米·马德森不可思议的封面图。

感谢莫里·科尔·霍恩，珍妮·本特，维多利亚·卡佩罗，阿米莉亚·霍奇森，以及本特工作室的每一位。还要感谢库珀团队出色的各位——成员之间的相互支持、鼓励和赞美令我感到说不出的欢乐。

感谢所有支持“永泊镇”系列的读者、书商、图书馆业者、教师及书评博主。你们将茉莉安放在心里，并且推荐给他人，真是非常感谢。你们的善意与热情简直如同排山倒海，所有的推荐、评论、来信、话题和推特我都感恩之至。

感谢我的教女艾拉同意我使用“帕克西姆·勒克”这个名字。（她三岁时就自主提出了这一建议，所以我们其他人如今也该放弃了。）还要感谢奥利安娜，她是我在内博威尔遇见的一个有趣的女孩，我把她的名字用在这本书里了。她让我开怀大笑，我就送她一座饭店啰。

作家们啊，一定要找一个像嘉玛·库珀那样热心、幽默、勤奋、又不要面子的经纪人。永远站在你这边的顶级乐观主义者，非常可靠，随时准备着在你以为自己快被淹死的时候，把你从及踝深的水里捞起来，甚至都不怎么出汗。如果能在凌晨两点给你发几张日本奶奶啦啦队鼓舞人心的照片，那就更加分了。感谢你，嘉玛·库珀。

最后，无尽的感谢和爱意要献给我的家人和朋友，尤其是迪恩和朱莉，你们是我最棒的宣传队。还有萨尔，感谢你一直充当我最初的读者和听众，以及那些励志名言和奇奇怪怪的精油。

感谢我的母亲。谢谢你所做的一切，妈妈。你是最最奇团式的妈妈。